LE MASQUE
Collection de romans d'aventures
créée par
ALBERT

—

LA NUIT QUI NE FINIT PAS

Liste alphabétique complète des

Romans d'Agatha Christie

(Masque et Club des Masques)

	Masque	Club des masques
A.B.C. contre Poirot	263	296
L'affaire Prothéro	114	36
A l'hôtel Bertram	951	104
Allô ! Hercule Poirot ?	1175	284
Associés contre le crime	1219	244
Le bal de la victoire	1655	561
Cartes sur table	274	364
Le chat et les pigeons	684	26
Le cheval à bascule	1509	514
Le cheval pâle	774	64
Christmas Pudding		42
(Dans le Masque : Le retour d'Hercule Poirot)		
Cinq heures vingt-cinq	190	168
Cinq petits cochons	346	66
Le club du mardi continue	938	48
Le couteau sur la nuque	197	135
Le crime de l'Orient-Express	169	337
Le crime du golf	118	265
Le crime est notre affaire	1221	228
La dernière énigme	1591	530
Destination inconnue	526	58
Dix brèves rencontres	1723	578
Dix petits nègres	299	402
Drame en trois actes	366	192
Les écuries d'Augias	913	72
Les enquêtes d'Hercule Poirot	1014	96
La fête du potiron	1151	174
Le flambeau	1882	584
Le flux et le reflux	385	235
L'heure zéro	349	439
L'homme au complet marron	69	124
Les indiscrétions d'Hercule Poirot	475	142
Je ne suis pas coupable	328	22
Jeux de glaces	442	78
La maison biscornue	394	16
La maison du péril	157	152
Le major parlait trop	889	108
Marple, Poirot, Pyne et les autres	1832	583
Meurtre au champagne	342	449
Le meurtre de Roger Ackroyd	1	415
Meurtre en Mésopotamie	283	28
Le miroir du mort		94
(dans le Masque : Poirot résout trois énigmes)		

	Masque	Club des masques
Le miroir se brisa	815	3
Miss Marple au club du mardi	937	46
Mon petit doigt m'a dit	1115	201
La mort dans les nuages	218	128
La mort n'est pas une fin	511	90
Mort sur le Nil	329	82
Mr Brown	100	68
Mr Parker Pyne	977	117
Mr Quinn en voyage	1051	144
Mrs Mac Ginty est morte	458	24
Le mystère de Listerdale	807	60
La mystérieuse affaire de Styles	106	100
Le mystérieux Mr Quinn	1045	138
N ou M?	353	32
Némésis	1249	253
Le Noël d'Hercule Poirot	334	308
La nuit qui ne finit pas	1094	161
Passager pour Francfort	1321	483
Les pendules	853	50
Pension Vanilos	555	62
La plume empoisonnée	371	34
Poirot joue le jeu	579	184
Poirot quitte la scène	1561	504
Poirot résout trois énigmes	714	
(Dans le Club : Le miroir du mort)		
Pourquoi pas Evans?	241	9
Les quatre	134	30
Rendez-vous à Bagdad	430	11
Rendez-vous avec la mort	420	52
Le retour d'Hercule Poirot	745	
(Dans le Club : Christmas Pudding)		
Le secret de Chimneys	126	218
Les sept cadrans	44	56
Témoin à charge	1084	210
Témoin indésirable	651	2
Témoin muet	377	54
Le train bleu	122	4
Le train de 16 h 50	628	44
Les travaux d'Hercule	912	70
Trois souris...	1786	
La troisième fille	1000	112
Un cadavre dans la bibliothèque	337	38
Un deux trois	359	1
Une mémoire d'éléphant	1420	469
Un meurtre est-il facile?	564	13
Un meurtre sera commis le...	400	86
Une poignée de seigle	500	40
Le vallon	361	374
Les vacances d'Hercule Poirot	351	275

Agatha Christie

LA NUIT QUI NE FINIT PAS

Traduit de l'anglais par Claire Durivaux

Librairie des Champs-Élysées

Ce roman a paru sous le titre original :

ENDLESS NIGHT

PREMIÈRE PARTIE

« Every night and every Morn
« Some to Misery are born
« Every Morn and every Night
« Some are born to Sweet Delight,
« Some are born to Sweet Delight,
« Some are born to Endless Night.
William Blake.

CHAPITRE PREMIER

J'ai souvent lu ou entendu cette chanson. Elle sonne bien, mais que signifie-t-elle au juste?

Est-il jamais possible de mettre le doigt sur un point précis de notre existence en décrétant, sans risque d'erreur : « Tout a débuté ce jour-là, à telle heure, à tel endroit et par tel incident »?

Mon histoire commença peut-être au moment où j'aperçus sur le mur du « George et le Dragon » l'affiche annonçant la vente aux enchères de l'imposante propriété « Les Tours » et donnant tous les détails capables d'intéresser les acheteurs éventuels et une vue très idéalisée de la bâtisse, telle qu'elle avait dû être quelque quatre-vingts ou cent ans plus tôt, à l'époque de sa construction.

Ce jour-là, j'errais sans but précis dans la rue principale de Kingston Bishop, un patelin dénué de tout intérêt. Pourquoi ai-je remarqué le placard concernant la vente? Méchant tour du destin? Bonne fortune? Ma foi, c'est à vous de décider.

D'un autre côté, on pourrait considérer que tout a été enclenché plus tôt, lors de ma rencontre avec Santonix et la conversation que nous eûmes ensemble. Si je ferme les yeux, je revois distinctement ses pommettes empourprées, son regard fiévreux et le mouvement de ses grosses mains, si délicates cependant, lors qu'elles griffonnent des esquisses, dessinent les plans des maisons dont on se mettait à rêver.

C'est Santonix qui fit naître en moi l'envie de posséder une demeure que je n'aurai pourtant jamais les moyens de m'offrir. La maison qu'il me construirait s'il vivait assez longtemps devint entre nous, une sorte de projet farfelu dont nous parlions avec sérieux, sans y croire.

Un refuge que, dans mes songes, je me voyais habiter avec la femme que j'aime et dans lequel, comme à la fin des contes d'enfants, « nous vivrions heureux à tout jamais ». Mon ambition de propriétaire allait croissant mais rien dans la réalité ne laissait hélas prévoir qu'elle se réaliserait un jour.

Si mon aventure est une histoire d'amour

— et je jure bien que c'en est une — pourquoi ne pas partir du moment où j'aperçus Ellie pour la première fois, au milieu des sapins de Gipsy's Acre?

Gipsy's Acre... Oui, il me faut revenir à l'affiche appliquée sur le mur du « George et le Dragon », dont je me détournai en frissonnant parce qu'un nuage passait juste devant le soleil. Jouant au promeneur désœuvré, j'allai m'adresser à un villageois qui taillait tant bien que mal la haie de son jardin.

— Comment est cette maison, « Les Tours »?

Je revois encore le visage sournois et le regard en biais qu'il me jeta en répondant :

— Ce n'est pas comme ça qu'on l'appelle dans le coin. Ce nom-là ne veut rien dire et ça fait un bon bout de temps que les propriétaires qui l'ont baptisée ainsi sont partis.

Je lui demandai alors sous quel nom il la désignait.

— Gipsy's Acre.

— Pourquoi?

— Allez savoir! On raconte un tas de choses à ce sujet. En tout cas, c'est là que se produisent les accidents.

— Accidents de voitures?

— Toutes sortes d'accidents. De nos jours en effet, il s'agit surtout de voitures. Il y a un mauvais tournant par là-bas.

— De là l'explication alors!

— Le conseil municipal a pourtant fait placer un panneau d'avertissement, mais ça ne change rien.

— Pourquoi ce nom de « Champ du Gitan »?

Il plissa les yeux et répondit d'un ton évasif :

— On raconte que, dans le temps, le terrain appartenait à une bande de nomades qui en fut chassée et y jeta un mauvais sort par vengeance.

J'éclatai de rire, et il bougonna :

— Vous pouvez rigoler, mais je sais bien qu'il existe des lieux maudits. Vous autres, citadins, n'y comprenez rien et préférez vous moquer. N'empêche que ce terrain appelle le malheur. Plus d'un est mort dans la carrière en arrachant des pierres de construction. Tenez, une nuit le Georgie est tombé dedans et s'est cassé le cou.

— Il était soûl?

— Peut-être bien. Il aimait la bouteille, c'est sûr, mais dites, il y a plus d'un poivrot qui se fiche par terre et se relève sans mal, hein? Georgie lui, il est mort... là-bas! — Il indiqua du doigt la colline boisée. — Au champ du Gitan.

Oui, je suppose que c'est ainsi que tout a commencé, bien que sur le moment, je n'y aie pas prêté grande attention. Je demandai ensuite au bonhomme s'il existait encore des nomades dans la région. Il me répondit qu'il n'y en avait plus beaucoup, la police les chassant de partout.

— Pourquoi déteste-t-on tant ces pauvres gens?

— Ce sont des voleurs! — Il approcha brusquement son visage du mien. — Vous n'auriez pas vous-même du sang de bohémien dans les veines, par hasard?

Je lui répondis qu'à ma connaissance, je ne le pensais pas. Cependant, je dois admettre que je ressemble un peu à un gitan. C'est peut-être pour cela que le nom de « Champ du Gitan » m'avait attiré. Amusé par notre conversation, je me dis qu'après tout, il était fort possible que j'eusse des affinités avec les Romanichels.

Je montai la route en lacets qui, partant du village, contourne les sapins pour atteindre le haut de la colline d'où elle surplombe la mer. La vue était grandiose et je me pris à penser, comme cela nous arrive souvent : « Je me demande ce que je ferais si le « Champ du Gitan » m'appartenait? » Une idée ridicule...

Lorsque je repassai devant le tailleur de haie, l'homme m'interpella :

— Si vous tenez à rencontrer des Bohémiens, allez donc voir la vieille Mrs. Lee. Le major lui a donné une chaumière dans le village.

— Quel major?

Ma question parut le scandaliser.

— Le major Phillpot, voyons!

J'en déduisis que le major Phillpot était

considéré dans le pays comme Dieu le Père. Plus tard, j'appris, en effet, que sa famille, originaire de la région, s'occupait beaucoup des malheureux.

Alors que je prenais congé de mon interlocuteur, en lui souhaitant une bonne journée, il ajouta :

— Mrs. Lee occupe la dernière chaumière au bout de la rue. Vous la trouverez probablement à l'extérieur, car les gens de sa race n'aiment pas sentir un toit sur leur tête.

Les mains dans les poches, je m'éloignai, l'esprit occupé par le « Champ du Gitan ». J'avais presque oublié les recommandations du complaisant villageois, lorsque je remarquai une grande femme âgée, aux cheveux encore noirs, qui m'observait, à l'abri d'une haie. Je m'approchai d'elle et après l'avoir saluée :

— On m'a dit que vous pourriez me renseigner sur le « Champ du Gitan ».

Elle m'examina un long moment avant de répondre :

— En fait de renseignement, je vais vous donner un bon conseil, jeune homme : ne vous occupez pas de cet endroit. Oubliez-le. Rien de bon n'est jamais venu et ne viendra jamais du « Champ du Gitan ».

— La propriété est à vendre?

— Bien fou celui qui l'achètera.

— Avez-vous une idée sur les acquéreurs éventuels?

— Un entrepreneur s'y intéresse mais il n'est pas le seul. Vous verrez, malgré cela, elle n'atteindra pas un prix très élevé.

— Pourquoi? Elle occupe une belle position.

Comme elle ne répondait pas, je biaisai :

— Si l'entrepreneur l'achète, qu'en fera-t-il, à votre avis?

Elle ricana :

— Il abattra les vieilles ruines pour élever vingt ou trente maisons sur l'emplacement, pardi!.. et toutes seront marquées par le mauvais sort.

Sans tenir compte de ses dernières affirmations, je soupirai :

— Ce serait bien dommage...

— Ne vous tracassez pas, ceux qui bâtiront ces maisons et ceux qui y vivront, n'en tireront aucun plaisir. On entendra parler d'un pied qui glisse sur l'échelle, d'un camion qui se retourne avec son chargement, de la tuile qui tombe du toit sur un passant et les arbres s'abattront peut-être au cours des orages. Personne n'a jamais rien tiré de bon du « Champ du Gitan ». Vous verrez, vous verrez... — Elle hocha la tête en répétant. — Rien d'heureux n'arrivera à ceux qui s'en approcheront.

Je ne pus réprimer un sourire. La vieille me fixa avec colère :

— Il se pourrait bien qu'un jour vous

n'ayez plus envie de rire, jeune homme. La chance n'a jamais passé par cette propriété, non plus que par la lande qui l'entoure.

— Enfin qu'y a-t-il donc en cette maison et pourquoi l'a-t-on laissée tomber en ruine?

— Pas un des propriétaires qui l'ont occupée n'est en vie aujourd'hui.

— Dans quelles circonstances sont-ils morts?

— Mieux vaut ne pas en parler. En tout cas, jusqu'à présent, personne ne s'est avisé de prendre leur place.

— Racontez-moi l'histoire. Je suis sûr que vous la connaissez.

— Je ne parle jamais du « Champ du Gitan ». Mais si vous le désirez, je vous dirai l'avenir. Donnez-moi une pièce d'argent et je vous confirmerai peut-être, comme je le pressens, que vous irez loin!

— Je ne me soucie pas de ces sornettes et je n'ai pas d'argent à gaspiller.

Elle s'approcha, quémandeuse :

— Rien que six pence. Pour vous, je le ferai pour six pence.

Je cédai, non que j'aie foi le moins du monde en ces bêtises, mais parce que, sans trop savoir pourquoi, la vieille me plaisait. D'un geste vif, elle saisit la monnaie et commanda :

— Donnez-moi vos deux mains.

Elle ouvrit mes paumes qu'elle contempla

un moment, avant de les repousser brusquement. Reculant d'un pas, elle proféra d'une voix rauque :

— Si vous avez la chance de deviner ce qui est bon pour vous, vous vous éloignerez d'ici tout de suite et n'y reviendrez jamais.

— Pour quelles raisons?

— Parce que si vous vous approchez du « Champ du Gitan », vous y rencontrerez le chagrin et peut-être même la mort. Je vois qu'un malheur vous menace. Croyez-moi, oubliez vite cet endroit.

— Mais, enfin...

La vieille femme, m'ayant tourné le dos, courut se réfugier dans sa chaumière dont elle claqua la porte. Je ne suis pas superstitieux, je crois même à la chance — qui n'y croit? — mais j'eus, à ce moment, la désagréable conviction que l'affreuse créature venait de lire dans mes paumes quelque présage sinistre. Balivernes, balivernes! Je levai les yeux et constatai que le soleil avait disparu, laissant dans le ciel comme une ombre menaçante. Je crus à l'approche d'un orage. Je rebroussai chemin en sifflant pour tenter de conserver mon optimisme. En repassant près du « George et le Dragon », je notai mentalement la date de la vente des « Tours » et bien que je n'eusse jamais assisté à une enchère, je me promis de venir à celle-ci. Oui, c'est ainsi que tout a commencé... Une idée extravagante me traversa soudain l'esprit : je viendrai aux enchères et la propriété sera à moi. Ensuite, j'irai voir Santonix et lui dirai : « Construisez-moi une maison. J'ai acquis l'emplacement idéal ». Enfin, je découvrirai la femme de mes rêves et nous vivrons heureux dans notre domaine...

J'ai souvent eu de ces rêves. Naturellement, ils ne se sont jamais réalisés mais celui-là, je le trouvais amusant. Amusant! Grand Dieu! si seulement j'avais pu prévoir...

CHAPITRE II

C'est le hasard qui avait guidé mes pas vers le « Champ du Gitan ». Accomplissant mes fonctions de chauffeur, j'attendais un couple de Londoniens qui assistaient dans les environs à une vente de meubles et d'objets d'ameublement. En cours de route, d'après les bribes de leurs conversations, je crus deviner qu'ils s'intéressaient particulièrement à une collection de papier mâché. Ignorant la signification de cette expression, je m'étais promis de consulter un dictionnaire, car je m'intéressais à tout. Je n'avais que vingt-deux ans mais, je possédais déjà une connaissance assez complète des moteurs automobiles, des chevaux irlandais, de la technique de la cueillette des fruits. Tout ce savoir tenait à ce que j'avais occupé pas mal d'emplois, et entre autres, celui de garçon dans un hôtel de troisième classe, de sauveteur sur une plage estivale, de représentant en encyclopédies, en aspirateurs et autres articles. Je fus même employé dans un jardin botanique. Je ne me suis jamais fixé nulle part. Pourquoi le ferais-je? Certaines tâches nécessitent plus d'attention, plus de soins que d'autres, mais cela ne me gêne pas. Je ne suis pas paresseux. Simplement, je veux tout voir, tout faire et aller partout. Je suis continuellement à la recherche de quelque chose, depuis l'époque où j'ai quitté l'école, et je continue à chercher... quoi? Une fille. Bah! toutes celles rencontrées jusqu'ici, ne m'ont intéressé que quelques jours (comme mes emplois) avant de passer à la suivante.

Mes amis désapprouvent ma façon de vivre. Peut-être auraient-ils voulu me voir attaché à une fille douée de bon sens; que j'économise, me marie, et mène une vie sage, pourvu d'un emploi stable. Amen. Pas pour votre serviteur, merci! On devrait vivre autrement que cela à une époque où l'homme envoie des satellites artificiels dans l'espace, et parle de rendre visite aux étoiles! Quelque chose en nous devrait nous pousser à sortir de notre apathie pour courir à la recherche d'un accomplissement total.

Un jour, c'était à l'époque où je travaillais comme plongeur dans un restaurant, je passai dans Bond Street où je contemplai un moment un étalage de chaussures qui arborait ce slogan « Voici ce que l'homme élégant porte aujourd'hui ». Je me contentai de hausser les épaules en passant à la vitrine suivante. Là, sur un fond de velours neutre, trois tableaux. Je dois avouer que l'art n'est pas mon fort. Je suis entré une fois à la National Gallery par curiosité et j'en suis ressorti avec le cafard. Tous ces gigantesques champs de bataille au fond de gorges montagneuses, ces saints décharnés, percés de flèches et ces portraits de dames minaudant, posées au milieu de velours, soies et dentelles, m'ont dégoûté de la peinture pour un bon bout de temps. Mais, je dois dire que l'un des tableaux que j'avais là sous les yeux me fit une impression différente. Ma foi, je ne saurai vous le décrire, car il ne représentait pas grand-chose. Toutefois, il s'en dégageait une simplicité qui me fascinait. Beaucoup de vide et quelques grands cercles de couleurs assez surprenantes et, çà et là, des taches auxquelles, aussi étrange que cela puisse paraître, je trouvais une signification. L'art de la description n'est pas mon fort, je dirai simplement que j'éprouvai soudain le désir de rester des heures à contempler cette toile.

Je ressentais le sentiment confus que quelque chose d'extraordinaire venait de m'arriver. Ces chaussures de fantaisie dont je me moquais un peu plus tôt, eh bien! j'aurais brusquement voulu les avoir aux pieds. Je soigne toujours mon apparence, car j'aime à faire bonne impression, mais je n'aurais jamais considéré comme sérieux l'achat d'une paire de chaussures venant de Bond Street et dont le prix peut aller jusqu'à quinze livres! Et ce tableau!... Combien coûtait-il? Supposons que j'entre l'acheter... Voilà un curieux raisonnement pour un gentleman qui méprise les Arts! Je le veux! J'aimerais l'accrocher chez moi et le contempler tout mon saoul en me répétant qu'il m'appartient. « Tu n'as pas les moyens, mon vieux! » Ma foi, je me trouvais juste en fonds, grâce à un pari heureux sur un cheval... Malheureusement, ce tableau devait coûter un paquet. Vingt livres? Vingt-cinq? Pourquoi ne pas demander? Prenant un air important, je me décidai à pousser la porte du magasin.

L'intérieur était silencieux et imposant, les murs de ton neutre composaient, avec un divan de velours, tout le décor. Un homme correspondant à la définition du type moderne élégant, apparut et me demanda d'une voix feutrée ce que je désirais. Je fus bien surpris de constater qu'il n'affichait pas l'air supérieur que les vendeurs de Bond Street se croient obligés d'adopter. Après ma demande il alla retirer le tableau de la vitrine, et le tint contre un mur afin que je puisse l'admirer à ma guise. Je réalisai à ce moment que les mêmes lois ne s'appliquent pas partout. Par exemple, un type peut se présenter dans un magasin de tableaux, vêtu d'un costume usé et se trouver être un millionnaire excentrique désirant ajouter une pièce à sa collection, ou bien un autre, assez soigné d'apparence, comme moi, qui aurait juste les moyens de faire une folie quitte à se priver de nourriture durant des mois.

Mon vendeur me confia :

— C'est là un très bel exemple de la manière de l'artiste, monsieur.

— Combien?

La réponse me coupa le souffle.

— Quinze mille livres.

J'essayai de garder un visage de joueur de poker, tandis qu'il ajoutait un nom qui me parut étranger, et m'expliquait que la toile venait d'une maison de campagne et que ses propriétaires en avaient toujours ignoré la valeur.

Je soupirai avec une fausse nonchalance :

— C'est un gros chiffre, mais j'imagine qu'elle le vaut, mais cela dépasse mes moyens.

Il abaissa doucement le tableau et le replaça dans la vitrine. Se tournant vers moi, il murmura dans un sourire :

— Vous avez du goût.

J'eus le sentiment que, lui et moi, nous nous comprenions. Après l'avoir remercié, je sortis.

CHAPITRE III

Je ne suis pas doué du talent d'écrire (ma description du tableau le prouve) mais j'ai le sentiment que cette œuvre tient une place dans l'enchaînement logique de ce qui m'arriva par la suite. Comme le « Champ du Gitan » et Santonix, il appartenait au monde vers lequel j'étais attiré.

Je n'ai pas encore beaucoup parlé de Santonix. Vous avez deviné, sans doute, qu'il était architecte. Je le rencontrai dans le temps où je travaillais comme chauffeur. Mon emploi me conduisait parfois à l'étranger. Je me rendis deux fois en Allemagne, deux fois en France et une fois au Portugal. La plupart de mes riches clients étaient gens âgés et de mauvaise santé. Lorsqu'on promène de telles personnes, on comprends que l'argent ne fait pas le bonheur. Tous mes clients me semblaient bien malheureux, avec leurs soucis. Quant à leur existence sentimentale, elle ne me paraissait pas folichonne non plus. Ou bien ils étaient mariés à des pin-up blondes qui les trompaient sans cesse ou bien ils traînaient de vieilles grincheuses, laides comme les sept péchés capitaux. Tout compte fait, je me préfère tel que je suis : Michaël Rogers, explorateur sans souci, libre de faire la cour à une jolie fille quand ça lui chante! Certes, je vis un peu au jour le jour, mais cela ne me dérange pas, et je serais le plus heureux des hommes, sans ce constant désir de découvrir un jour quelque chose et quelqu'un qui me conviennent — ambition qui me tenaillait et allait grandissant...

Quoi qu'il en soit, pour en revenir à ce que je disais, j'avais l'habitude de conduire un vieux type du nom de Constantine dans un coin de la Riviéra française où on lui construisait une maison; Santonix en était l'architecte. Je ne sus jamais rien de ses origines. D'abord, je le crus anglais, malgré son nom à consonnance étrangère. Dès que je le vis, je compris que la maladie le rongeait; son visage irrégulier et fiévreux m'intriguait. Il avait une forte personnalité et ne se laissait jamais impressionner par ses riches clients, envers lesquels il se montrait souvent grossier.

A notre arrivée, je me souviens que Constantine bouillait de rage en découvrant l'aspect que prenait sa maison et, à un moment, je crus qu'il allait succomber à une crise cardiaque.

— Vous n'avez pas exécuté nos plans! rugissait-il. Vous avez dépensé beaucoup plus d'argent que prévu!

Très calme, Santonix s'était contenté de répondre :

— Exact, mais l'argent est fait pour être dépensé.

— Je n'ajouterai pas un centime au prix prévu! Arrangez-vous comme vous voudrez, je ne reviendrai pas sur ma décision!

— Dans ce cas, vous n'aurez pas la maison que vous souhaitez. Voyons, Mr. Constantine, ne vous conduisez pas comme un petit rentier soucieux d'économiser. Vous allez avoir une maison superbe dont vous vous vanterez auprès de vos amis qui vous l'envieront. Je vous ai déjà dit que je ne travaillais pas pour n'importe qui et que l'argent n'entrait pas exclusivement dans mes considérations pour accepter ou refuser un client. Cette maison ne ressemblera à aucune autre.

— Elle sera terrible! j'en conviens.

— L'ennui avec vous est que vous ne savez pas ce que vous voulez, ou du moins, il vous est impossible de le préciser. Vous avez des goûts raffinés, bien que non exprimés et mon rôle consiste à vous construire une maison qui s'harmonise avec eux.

Santonix s'exprimait de la sorte. Pour ma part, je me rendais compte que la bâtisse qu'il élevait aurait un caractère exceptionnel. Assise au milieu des sapins, à demi-tournée vers la mer, l'autre face vers l'intérieur du paysage; un certain épaulement de la montagne, un coin de ciel, lui donnaient un cachet étrange, fascinant.

A mes heures libres, Santonix ne manquait pas d'échanger quelques mots avec moi. Un jour, il me dit :

— Vous savez, je ne construis que pour ceux que je choisis.

— Des riches?

— Ils doivent l'être, sinon ils ne pourraient s'en offrir le luxe, mais j'exige autre chose d'eux. Une maison est comme une pierre précieuse. Vue à nu, elle est belle et cependant elle n'acquiert sa personnalité qu'au moment où elle est munie de son décor. Vous voyez, le paysage est pour moi le décor qui met en valeur le bâtiment que j'exécute dans son cadre. Vous ne comprenez pas, hein?

— Heu... non, et cependant... j'ai l'impression confuse que si.

Quelques semaines plus tard, nous revînmes voir la maison qui était presque terminée. Je ne la décrirai pas, j'en serais bien incapable, mais je constatai qu'elle était originale et belle. J'aurais été fier de la posséder, de la montrer à mes amis, heureux de la contempler et de l'habiter avec la femme que j'aimerais.

Brusquement, Santonix me confia :

— Vous savez, je pourrais vous construire une maison à vous aussi, car je saurais trouver ce qui vous conviendrait.

— Heureusement, car personnellement, je ne le saurais pas!

— Je déciderais pour vous. C'est bougrement dommage que vous n'ayez pas d'argent.

— Je n'en aurai jamais.

— Comment pouvez-vous en être certain? Naissance pauvre ne signifie pas forcément existence pauvre. L'argent est capricieux, il va à qui il veut.

— Je ne suis pas doué pour en avoir.

— Vous n'avez pas assez d'ambition ou mieux, vous n'avez pas encore eu l'occasion de réveiller celle qui dort en vous, mais cela viendra.

— Eh bien! ce jour-là, je ferai fortune et je viendrai vous demander de me construire une maison.

Il soupira :

— Je ne puis, hélas! attendre. Il me reste peu de temps à vivre. Encore une maison... peut-être deux... Ce n'est pas gai de mourir jeune, mais il n'y a pas moyen de modifier son destin.

— Il va donc me falloir aiguillonner mon ambition.

— Vous êtes en bonne santé, la vie que vous menez vous satisfait, ne changez rien.

— Je ne le pourrais pas, même si j'essayais.

Sur le moment, j'étais sincère. J'aimais mon existence telle qu'elle se présentait, je me distrayais et ma santé ne me donnait aucun souci. J'avais promené en voiture assez de riches, souffrant de maladies de cœur et d'ulcères dus à un surmenage de tous les instants, pour ne pas désirer suivre leur exemple.

Je pensais souvent à Santonix. Il m'intriguait, je crois qu'il faisait partie de ces êtres et de ces choses que j'avais choisi de ne pas oublier : Santonix et ses maisons, le tableau de Bond Street et ma visite à la propriété « Les Tours » avec sa légende de malédiction. Cela formait un ensemble de souvenirs dont je ne me séparerais jamais. Il y avait bien certaines filles aussi, et quelques-uns de mes voyages à l'étranger. Quant à mes clients, ils étaient tous pareils : ennuyeux. Ils descendaient toujours aux mêmes hôtels et, dépourvus de toute imagination, réclamaient sans cesse la même nourriture.

A cette époque, je ne savais rien de l'amour, sinon ce genre d'aventures sentimentales qu'un jeune homme rencontre au gré des jours. Notre génération discute trop des rapports entre sexes et n'apprécie les filles que pour leurs attraits physiques. Plus un garçon collectionne de conquêtes, plus il se figure supérieur à ses copains. Je n'aurais jamais pensé que l'amour — le vrai — fut autre chose et pouvait se manifester de manière soudaine. N'est-ce pas un vieux comédien qui racontait : « J'ai été amoureux une fois, et si je sentais le mal me reprendre, je fuirais à toute allure. » Eh bien! pour ma part, si j'avais su, si seulement j'avais pu deviner, j'aurais agi de même... en admettant que j'eusse été assez raisonnable pour me comporter de la sorte.

CHAPITRE IV

Je n'oubliai pas la vente qui devait avoir lieu trois semaines plus tard et à laquelle je désirais assister. Je me rendis une fois encore en France et en Allemagne. Mon passage à Hambourg marqua un tournant décisif de ma vie. Pour commencer, je pris en grippe le couple d'Anglais que je pilotais. Tous deux représentaient à mes yeux le genre d'individus que je déteste le plus : grossiers et laids. Un jour, je décidai de les planter là. Je me comportai avec prudence car pour rien au monde, je n'aurais voulu que la compagnie qui m'employait, inscrivît mon nom au crayon rouge sur ses fiches. Je téléphonai donc à l'hôtel où logeaient mes clients pour m'excuser en prétextant une indisposition et j'expédiai un télégramme à Londres, expliquant qu'un médecin m'ayant mis en quarantaine, il serait peut-être sage d'envoyer un chauffeur pour me remplacer. Je me réservais, de retour à Londres, de raconter une histoire à ma façon, mais je pensais bien que cela ne serait pas même nécessaire. J'en avais par-dessus la tête de promener du monde! Cette soudaine rebellion contribua à la réalisation de mon grand désir : me rendre à la vente de la propriété « Les Tours ».

Comme je l'ai déjà dit, je n'avais jamais assisté à ce genre d'enchères. Je me figurais que ce serait passionnant, mais je me trompais du tout au tout. La vente se déroula dans la pénombre, en présence de seulement six ou sept personnes. Le commissaire-priseur ne ressemblait en rien à ce que je m'imaginais. D'un ton désabusé, il fit l'éloge de la propriété, donna un bref aperçu de sa superficie et passa sans enthousiasme aux enchères. Une voix proposa cinq mille livres. Le commissaire-priseur se permit un sourire ironique et adressa à l'assistance quelques remarques qui stimulèrent un peu les acheteurs éventuels, des provinciaux pour la plupart. Mais la vente se termina bientôt après, faute de surenchères, le commissaire ayant déclaré que le prix demandé n'avait pas été atteint.

— Une vente bien monotone, confiai-je au provincial qui sortait en même temps que moi.

— Elles le sont presque toutes. Vous êtes venu par simple curiosité? Je ne vous ai pas vu surenchérir.

— Pas de danger! Je tenais seulement à me

rendre compte de la tournure que prendraient les choses.

— Ma foi, la vente aux enchères sert souvent à guider les vendeurs quant au prix. A mon avis, il n'y a que trois acheteurs éventuels : Whetherby, l'entrepreneur de Helminster, Dakhams et Coombe qui représentent une firme de Liverpool et un concurrent inconnu, mais dangereux, arrivé de Londres. Naturellement, il se peut que ces trois-là ne soient pas les seuls à entrer en compétition. On dit que la propriété se vendra néanmoins à bas prix.

— A cause de sa réputation?

— Ah! vous avez donc entendu parler du « Champ du Gitan »? L'histoire circule dans le village. Le conseil municipal aurait dû s'occuper de cette route depuis longtemps... elle est dangereuse.

— Mais, à part la route, l'endroit a mauvaise réputation, n'est-ce pas?

— Bah! Je ne crois pas aux superstitions. Le marché va maintenant se poursuivre derrière le décor. Les intéressés vont aller présenter leurs offres et, pour moi, ce seront les types de Liverpool qui l'emporteront. Whetherby ne misera pas assez gros. Je le connais, il achète pour une bouchée de pain et construit des cabanes à lapins. Notez qu'il n'a pas tort car, de nos jours, qui pourrait se permettre de reconstruire sur des ruines, une maison de particuliers?

— Pourtant, ce serait l'idéal, à mon avis.

— Trop coûteux, mon vieux. A cause des taxes et des problèmes que posent les domestiques. Les gens préfèrent investir leurs millions dans un appartement de luxe, perché au sommet d'un bâtiment moderne. Les grandes maisons de campagne sont abandonnées aujourd'hui.

— On pourrait y installer le confort moderne, ce qui résoudrait en partie le problème domestique.

— Bien sûr, mais cela coûte cher et, d'autre part, peu de gens se plaisent dans la solitude.

— Elle a pourtant du bon.

Je le quittai, l'esprit préoccupé. Mes pas me guidèrent machinalement sur la route bordée de sapins qui monte vers la lande. Tout là-haut, je découvris Ellie! Elle se tenait devant un sapin géant et semblait s'être matérialisée subitement. Elle portait un ensemble de tweed sombre, ses cheveux avaient les teintes rousses des feuilles d'automne et il se dégageait de toute sa personne quelque chose d'aérien, qui me fascina. Je restai là à la regarder; de son côté, elle m'examinait, légèrement surprise. A court d'imagination, je bredouillai :

— Excusez-moi, je... je ne voulais pas vous effrayer. Je ne m'attendais pas à trouver quelqu'un ici.

D'une voix douce, elle répondit :

— Je ne vous ai pas entendu arriver. Je suis venue jeter un coup d'œil dans le coin. Cet endroit est très isolé.

— Assez effrayant, en effet. Je veux dire, la maison en ruine est plutôt macabre.

— Elle s'appelle « Les Tours » et, cependant, aucune tour n'est visible.

— J'imagine que les gens baptisent ainsi leurs propriétés afin de leur donner un air de grandeur.

— Vous êtes peut-être au courant? Elle se vendait aux enchères aujourd'hui.

— J'en viens.

— Vraiment? Etes-vous intéressé?

— Que ferais-je d'une maison en ruine enfouie dans les sapins au milieu de la lande!

— Quelqu'un l'a-t-il achetée?

— Non. Les enchères n'ont pas atteint le prix demandé.

Elle eut l'air soulagée, ce qui me fit dire :

— Vous ne voudriez pas l'acheter, par hasard?

— Oh! non, certainement pas!

J'éprouvai soudain le désir de me confier à elle et de lui avouer :

— Si je déclare que je n'ai pas l'intention de l'acheter c'est tout simplement parce que je n'en ai pas les moyens, mais en vérité, j'aimerais en être propriétaire. Riez si vous voulez, j'ai l'impression que, dans ce domaine, je me sentirais chez moi.

— Mais, n'est-il pas en trop mauvais état?...

— A l'heure actuelle oui, mais j'ai réfléchi à ce que j'en aurais fait. Les ruines disparaîtraient, elles sont laides et tristes, alors que le cadre a un caractère grandiose. Venez, je vais vous montrer... Là... entre ces arbres, on voit les collines, et la lande et là...

Je lui pris le bras et l'emmenai rapidement vers un autre coin de la propriété.

— Regardez comme le terrain, en s'allongeant permet d'apercevoir la mer. De ce côté, les rochers masquent un village enfoui dans la vallée. A votre droite, se dresse une masse de verdure que vous ne pouvez distinguer à cause des sous-bois touffus. En éclaircissant ce sous-bois, on pourrait y bâtir une maison qui ne ressemblerait en rien à l'ancienne; une maison merveilleuse, conçue pour ce décor exeptionnel. Un architecte de génie saurait adapter la demeure au cadre.

— Avez-vous jamais entendu parler d'un architecte de génie?

— J'en connais un.

Je lui parlai alors de Santonix. Nous nous assîmes sur un tronc d'arbre et j'exposai à cette fille, surgie de l'ombre d'un sapin, tous les plans échafaudés depuis trois semaines et qui peuplaient mon rêve.

— Je sais que mon désir ne se réalisera jamais, mais essayez de vous représenter tout ce que l'on pourrait tirer d'un tel paysage. Ici, on couperait des arbres, là on planterait des rhododendrons et des azalées. Mon ami Santonix construirait la maison là-bas... Il est très malade et je crains qu'il ne meure bientôt de tuberculose, mais il aurait le temps de terminer le travail. Vous ne pouvez imaginer comment sont les maisons qu'il fait; il ne choisit que des gens riches pour clients, des gens riches dont la personnalité lui plaît. Il matérialise alors la demeure idéale qu'ils portent en eux.

Elle répondit alors :

— Il me semble que, moi aussi, j'aimerais habiter une de ces maisons dont vous parlez, dans ce cadre où il est si facile de rêver, d'agir à sa guise, à l'écart des gens qui vous poussent toujours à faire ceci ou cela. J'en ai par-dessus la tête de mon existence stupide, de ceux qui m'entourent et du reste!

C'est ainsi que notre histoire commença : Ellie, avec sa révolte contre sa façon de vivre, et moi avec mon rêve qui ne se réaliserait jamais.

Emergeant de ses songes, la jeune fille me demanda :

— Comment vous appelez-vous?

— Michaël Rogers. Et vous?

— Fenella. — Elle hésita une seconde avant d'ajouter. — Fenella Goodman.

Nous restâmes silencieux quelques minutes, souhaitant tous deux convenir d'un rendez-vous, mais embarrassés pour exprimer notre désir.

CHAPITRE V

Au cours de cette première rencontre, ni Ellie ni moi ne parlâmes de nous-mêmes. En me donnant son nom, la jeune fille avait paru hésiter et je me demandai si elle ne me dissimulait pas sa véritable identité. De mon côté, je m'étais montré sincère.

Ce jour-là, nous ne savions pas très bien de quelle manière nous séparer. Le temps s'était rafraîchi et nous désirions tous deux quitter la propriété... mais après, comment prendre congé tout en sollicitant un rendez-vous?

Je hasardai :

— Habitez-vous dans la région?

— Je suis de passage à Market Chadwell.

Je connaissais cette bourgade qui n'est qu'à quelques kilomètres de Kinston Bishop. Je me dis qu'elle logeait sûrement au grand hôtel à trois étoiles.

A son tour, elle questionna timidement :

— Vous vivez ici?

— Non, je ne suis venu que pour un jour.

La voyant frissonner, je la pressai de partir.

— Nous ferions mieux de redescendre. Etes-vous arrivée en voiture, ou par le train?

— En voiture.

Nous suivions la route depuis un moment lorsqu'à un détour, une silhouette surgit brusquement devant nous. Ellie poussa un cri. Je reconnus la vieille Mrs. Lee qui me parut plus sauvage que jamais.

— Que faites-vous donc là? Qu'est-ce qui vous amène sur le « Champ du Gitan »?

Ellie répondit, inquiète :

— J'espère que nous n'avons commis aucune faute?

— C'est possible, mais cette lande appartenait aux nomades avant qu'ils n'en fussent chassés. Rien de bon ne vous arrivera si vous rôdez dans les parages.

— Je suis désolée que notre présence vous irrite; je croyais que cette propriété se vendait aujourd'hui même?

— Celui qui l'achètera ne trouvera pas le bonheur ici! Vous m'entendez, ma jolie? La malchance accablera celui qui vivra sur le « Champ du Gitan ». Eloignez-vous avant que le malheur ne vous frappe vous aussi.

— Nous ne faisons pourtant pas de mal!

Je grognai d'un ton bourru :

— Allons, Mrs. Lee, n'effrayez pas cette jeune fille. — Puis, me tournant vers Ellie : —

Mrs. Lee a une chaumière dans le village. Elle prédit l'avenir. N'est-ce pas, Mrs. Lee?

— Nous autres, Bohémiens, naissons avec le don. Donnez-moi une pièce, belle demoiselle, et je vous prédirai ce qui vous attend.

— Je ne pense pas que cela me plairait.

— Cela vous permettrait d'éviter des erreurs. Une petite pièce ne vous ruinera pas! Je sais des choses qu'il serait bon pour vous d'apprendre.

Les femmes ne peuvent résister à la curiosité. Bien souvent, lorsque j'amenais une fille à la fête, elle se dirigeait tout de suite vers la roulotte de la diseuse de bonne aventure. Ellie ne fit pas exception à la règle et, glissant une demi-couronne dans la main crochue de la vieille, elle se déganta et tendit sa paume délicate.

— Ah! ma jolie, écoutez ce que la mère Lee va vous dévoiler.

Mais, ainsi qu'elle l'avait fait pour moi, elle repoussa ma compagne en maugréant :

— A votre place, je ficherais le camp en vitesse, et ne reviendrais jamais! Je vous le disais il y a un moment et j'en ai eu confirmation dans les lignes de votre main. Oubliez la maison perchée là-haut et la lande qui l'entoure.

Furieux, je protestai :

— C'est une obsession, à la fin! De toute manière, cette jeune fille n'a rien à voir avec cette propriété. Elle est étrangère au pays et ne fait qu'y passer!

Ignorant mes remarques, Mrs. Lee poursuivit :

— Je vous préviens, ma jolie, vous pouvez être heureuse si vous le voulez, mais ne provoquez pas le danger là où il rôde. Retournez auprès de ceux qui veillent sur vous et vous aiment. Gardez-vous en sécurité, sinon... sinon. Ah! je n'aime vraiment pas voir ce qui est écrit dans votre main.

Elle rendit sa pièce à Ellie et s'éloigna rapidement en marmonnant quelque chose du genre : C'est cruel... Ce qui va arriver est cruel... ».

Ellie, très pâle, chuchota :

— Quelle femme effrayante!

— Ne la prenez pas au sérieux, elle est à moitié folle. Elle essaie de vous effrayer, et je crois que dans la région, on éprouve une sorte de crainte superstitieuse de cette lande.

— S'y produit-il des accidents? Des faits inquiétants?

— Les accidents n'ont rien de surprenant, regardez comme la route est dangereuse. Le conseil municipal n'a pas disposé assez de panneaux d'avertissement.

— S'y passe-t-il seulement des accidents... ou d'autres malheurs aussi?

— Les gens se laissent facilement impressionner. Ils surveillent un endroit et dès que quelque chose d'anormal arrive, ils lui confèrent une mauvaise réputation.

— Est-ce pour cela que la propriété doit se vendre bon marché?

— Ma foi, c'est possible. Mais, je ne pense pas que l'acheteur sera du pays et s'alarmera pour si peu. Mais, vous tremblez, nous allons marcher d'un bon pas. Préférez-vous que je vous laisse à l'entrée du village?

— Pourquoi?

— Je... Ecoutez, demain je serai à Market Chadwell et, si vous voulez, si vous y êtes encore, nous pourrions nous revoir?

Je tournai la tête car je me sentais rougir et j'en étais vexé. Pourtant, si je n'avais rien dit, comment aurais-je pu espérer la revoir?

— Entendu. Je ne retourne à Londres que dans la soirée.

— Me jugerez-vous impertinent si je vous propose de prendre le thé dans un café? Si je me souviens bien, le « Chien Bleu » est assez agréable. C'est... c'est... — ne trouvant pas le mot que je cherchais, j'eus recours à l'expression qu'employait souvent ma mère — c'est tout à fait comme il faut.

Ellie éclata de rire et j'eus un peu honte, mais elle ajouta très vite :

— Je suis sûre que l'endroit me plaira. J'y serai. Quatre heures trente, ça vous va?

— Je vous attendrai. Je suis content.

J'aurais eu du mal à expliquer pourquoi, par exemple.

Le dernier tournant nous révélait les premières maisons du village et au moment de quitter Ellie, je lui conseillai :

— Ne vous laissez pas impressionner par ce que vous a raconté cette vieille sorcière. Elle n'a plus sa tête et prend un malin plaisir à effrayer ceux qui l'écoutent.

— Pensez-vous que ce soit réellement un endroit maudit?

— Le « Champ du Gitan »? Non, au contraire.

J'affirmai cela d'un ton un peu trop appuyé pour être vraiment sincère. Mais, pour moi, la propriété n'était qu'un site merveilleux pour bâtir une maison exceptionnelle...

Et c'est ainsi que se passa ma première entrevue avec Ellie. Le lendemain, au « Blue Dog », nous avons parlé de choses et d'autres, sans oser encore nous confier nos secrets respectifs. Bientôt, Ellie jeta un coup d'œil à sa montre et déclara qu'elle devait se hâter car son train passait à 5 h. 30.

Etonné, je ne pus m'empêcher de remarquer :

— Je croyais que vous étiez venue en voiture.

Assez gênée, elle m'expliqua que la voiture empruntée la veille ne lui appartenait pas, sans me dire à qui elle appartenait. Un silence lourd s'ensuivit que je rompis assez brutalement :

— Puis-je espérer vous revoir?

— Je suis à Londres pendant deux semaines encore.

— Où puis-je vous rencontrer?

Nous convînmes de nous retrouver dans Regent's Park, trois jours plus tard.

Le beau temps nous favorisa. Après avoir déjeuné à la terrasse d'un restaurant, nous nous sommes installés dans des chaises longues, et commençâmes à parler de notre passé. Je lui racontai mes études dans une bonne école, puis mon existence aventureuse. Aussi étrange que cela paraisse, l'énumération de mes divers métiers enchanta mon auditricc.

— C'est tellement différent, merveilleusement différent!

— De quoi?

— De moi.

— Vous êtes riche?

— Hélas... je suis une pauvre petite fille riche.

Elle me dépeignit alors la vie qu'elle menait, avec son confort étouffant, son ennui, sa solitude. Parfois, elle enviait ceux qui ont une vie agitée, alors qu'elle restait isolée du reste du monde. Sa mère étant morte peu après sa naissance, son père s'était remarié avec une jeune femme excentrique. Il mourut quelques années plus tard. Je devinai qu'Ellie n'aimait pas sa belle-mère qui menait une vie mondaine et voyageait beaucoup. Son point d'attache était l'Amérique.

Je trouvais fantastique qu'à notre époque, une jeune fille pût mener une existence aussi confinée. Elle assistait bien à quelques réceptions, mais en l'écoutant me les décrire, je me figurais transporté cinquante ans en arrière.

— Vous n'avez pas d'amies? Pas d'amoureux?

— Mes chevaliers-servants sont sélectionnés à l'avance; je les trouve tous insipides.

— C'est une existence de recluse!

— Dieu merci, maintenant ça va changer, j'ai une amie, Greta.

— Qui est-elle?

— On me choisit chaque année une étrangère, afin que je cultive les langues, et cette année, comme je dois perfectionner mon allemand, c'est Greta qui me sert de professeur. Elle est différente des autres filles venues au pair. Depuis son arrivée, ma vie est transformée.

— Vous tenez beaucoup à elle?

— Elle est de mon côté. Elle s'arrange toujours pour que je puisse sortir ou échapper à ma famille. Elle ment pour moi et c'est grâce à elle que j'ai pu venir au « Champ du Gitan ». Ma belle-mère me confie à Greta chaque fois qu'elle s'absente et si je veux m'offrir une escapade, je rédige plusieurs lettres à l'avance que Greta poste pour moi en temps voulu.

— Quelle raison aviez-vous de vous rendre au « Champ du Gitan »?

— Greta et moi avons organisé cette expédition. Elle est merveilleuse, vous savez, elle a toujours un tas d'idées.

— Comment est-elle?

— Très belle, grande et blonde. De plus, elle sait tout faire.

— Je ne crois pas qu'elle me plairait.

Ellie rit.

— Je suis sûre que si. Elle est aussi très intelligente.

— Je n'aime pas les filles trop intelligentes, pas plus que les grandes blondes. Je préfère les petites filles délicates, aux cheveux couleur feuille d'automne.

— Je crois que vous êtes jaloux de Greta.

— Possible. Vous l'aimez beaucoup, n'est-ce pas?

— Elle a transformé ma vie.

— C'est elle qui vous a suggéré de venir au « Champ du Gitan ». Je me demande pourquoi! Il n'y a pas grand chose à voir dans un tel trou.

— C'est notre secret.

Devant son embarras, j'insistai :

— A Greta et à vous? Confiez-le moi!

— Non. Il faut bien que je garde quelques secrets pour moi seule.

— Votre Greta est-elle au courant de notre rencontre d'aujourd'hui?

— Elle sait que je vois quelqu'un, mais elle ne pose jamais de questions. Elle devine que je suis heureuse à présent.

Après cette journée, nous restâmes une semaine sans nous voir. La belle-mère était de retour de Paris, avec un personnage qu'Ellie nommait « oncle Franck ».

Notre rendez-vous suivant fut très bref. Ellie m'expliqua que son anniversaire approchait et que pour l'occasion, sa famille allait organiser une grande fête à Londres.

Elle conclut d'un air mystérieux :

— Durant la semaine qui suivra, je ne pourrai m'échapper, mais après... après, ce sera différent.

— Et pourquoi donc?

— Il me sera alors possible d'agir comme il me plaira.

— Avec l'aide de Greta, comme d'habitude?

Ma façon ironique de parler de son amie l'amusait toujours.

— Vous êtes ridicule de la détester ainsi. Un jour, il faudra que vous fassiez sa connaissance. Je suis certaine que vous l'aimerez.

— J'ai horreur des filles autoritaires.

— Qu'est-ce qui vous fait supposer que Greta soit ainsi?

— La manière dont vous parlez d'elle.

— Elle est très compétente et ma belle-mère a une confiance aveugle en elle. C'est pour cela que je la trouve formidable!

— Oublions Greta et parlez-moi de votre oncle Franck.

— Je ne sais pas grand-chose de lui. Il était le mari de ma tante — la sœur de Daddy. — Je crois savoir qu'il n'a jamais voulu travailler et qu'il a eu des ennuis, une ou deux fois.

— Sérieux?

— Non, je ne pense pas, mais ils ont coûté très cher.

— Il est donc l'enfant terrible de la famille? J'ai le sentiment que je m'entendrais mieux avec lui qu'avec votre vertueuse Greta.

— Il sait se montrer fort aimable.

— Mais vous ne l'aimez pas!

— Je crois que si, mais... j'ignore toujours ce qu'il fait.

Elle ne me proposait jamais de rencontrer sa famille. Je décidai de lui poser la question qui me tenait à cœur.

— Vous ne pensez pas qu'il serait bon que les vôtres me connaissent?

— Je ne veux pas!

— J'imagine que je ne corresponds pas à...

— Ce n'est pas ce que je voulais dire, du tout! Ils en feraient toute une histoire et je ne pourrais le supporter.

— Je ne puis m'empêcher de me considérer comme un intrus.

— Je suis assez grande pour choisir mes

amis. J'ai presque vingt et un ans, et le jour de ma majorité, personne ne pourra s'interposer entre moi et eux. A l'heure actuelle, malheureusement, il est encore trop tôt. S'ils apprenaient que je vous vois, ils m'emmèneraient quelque part où il me serait impossible de communiquer avec vous. Je vous en prie, Michaël, ne changeons rien au présent.

— Si vous jugez qu'il vaut mieux dissimuler...

— Il n'y a aucune dissimulation à garder près de soi un ami, avec lequel on puisse parler librement et même... bâtir des chimères.

Oui, nous bâtissions des chimères. Parfois, je lui confiais mes rêves et souvent elle se laissait aller à enchaîner : « Supposons que nous ayons acheté le « Champ du Gitan » et que nous y construisions une maison... »

Je lui avais beaucoup parlé de Santonix et de son travail. J'essayais de me mettre dans la peau de l'architecte pour lui décrire ses créations. Je me doutais bien que ces explications ne correspondaient pas exactement à ce que je voulais exprimer, mais je comprenais qu'Ellie savait exactement comment serait la maison... notre maison. Nous n'employions jamais ce « nous » mais nous étions convaincus que nous le pensions l'un et l'autre.

Je ne devais pas revoir Ellie pendant huit jours. Avant notre dernier rendez-vous, j'avais retiré de la banque mes maigres économies pour lui acheter une petite bague en forme de trèfle ornée de pierres d'Irlande. Ellie ne portait pas beaucoup de bijoux, mais je ne doutais pas que ses écrins ne renfermassent des diamants, des émeraudes et autres merveilles.

Toutefois, lorsque je lui offris le petit anneau de rien du tout, elle eut une expression heureuse qui me ravit. Elle me jura :

— Ce sera le cadeau d'anniversaire qui me plaira le plus.

Le lendemain, je reçus d'elle un mot écrit à la hâte, dans lequel elle m'expliquait qu'après son anniversaire, sa famille l'emmènerait sur la Riviéra française.

— Mais, ne vous inquiétez pas, poursuivait-elle, nous serons de retour d'ici deux ou trois semaines, puis en route pour l'Amérique. Nous nous reverrons avant le grand départ et je vous parlerai de quelque chose de très important.

Je me sentis mal à l'aise d'apprendre qu'Ellie se rendait en France. Moi aussi, j'avais quelque chose de très important à lui apprendre. « Le Champ du Gitan » avait été vendu. J'avais réussi à découvrir la firme londonienne qui s'était occupée des démarches, mais, même en donnant un solide pourboire au clerc le plus corruptible de l'étude, je n'avais pu apprendre le nom de l'heureux propriétaire.

Les nerfs en pelote, je décidai de ne plus penser à rien et d'aller rendre visite à ma mère. Il y avait un bout de temps que je ne l'avais vue.

CHAPITRE VI

Depuis vingt ans, ma mère habite la même rue où s'alignent des maisons tristes, respectables et dénuées d'intérêt. Les marches de son perron respirent, comme toujours, le souci de propreté de leur propriétaire. J'appuyai sur le bouton de sonnette et ma mère apparut. Elle resta un moment immobile à me regarder, pareille à l'image que je conservais d'elle. Elle était grande, quasi décharnée, ses cheveux gris partagés par une raie médiane, sa bouche pincée et une lueur de méfiance dansait toujours dans son regard. En un mot, c'était une femme dure, impitoyable, mais j'avais découvert — à son insu — qu'elle m'aimait beaucoup. Elle aurait voulu que j'aie une situation stable. Malheureusement, son désir ne devait pas se réaliser.

— C'est donc vous, Mike.

— Oui... c'est moi.

Elle se recula un peu pour me laisser entrer.

Je passai devant la porte du salon et allai droit dans la cuisine. Elle m'y suivit et resta debout, indécise.

— Il y a longtemps que je ne vous ai vu. Qu'avez-vous fait durant tout ce temps?

Je haussai les épaules.

— Pas grand-chose.

— Rien de changé dans vos habitudes, alors?

— Rien de changé.

— Combien de métiers nouveaux avez-vous ajoutés à votre palmarès?

— Cinq, je crois.

— Quand deviendrez-vous un homme, Mike?

— Je suis un homme et je mène l'existence que j'ai choisie. Et vous, mère, comment allez-vous?

— Aucun changement de mon côté, non plus.

— Pas d'ennuis avec votre santé?

— Je n'ai pas le temps d'être malade. Pourquoi êtes-vous venu, Mike?

— Devrais-je avoir une raison?

— C'est généralement le cas.

— Je ne comprends pas pourquoi vous désapprouvez mon ambition de découvrir le monde.

— Appelez-vous découvrir le monde, conduire des voitures de luxe à travers le continent?

— Pourquoi pas?

— Vous n'irez pas loin si vous persistez ainsi. Surtout si vous laissez tomber vos employeurs en leur donnant congé sans crier gare, et si vous abandonnez vos clients dans une ville païenne.

— Qui vous a mise au courant?

— Votre firme m'a téléphoné pensant que je saurais où vous joindre.

— Que voulaient-ils?

— Vous rengager, je suppose, bien que je ne puisse imaginer pourquoi!

— Pour la bonne raison que je suis un chauffeur compétent, apprécié par ses clients. Ce n'est quand même pas ma faute si je suis tombé malade, hein?

— Je ne sais pas.

Ce qui signifiait, bien entendu, qu'elle ne croyait pas à ma maladie. D'ailleurs, elle insista :

— Pourquoi ne vous êtes-vous pas présenté à votre employeur, dès votre retour d'Allemagne?

— J'avais d'autres chiens à fouetter.

Elle haussa les sourcils, faussement surprise.

— De nouveaux caprices, de nouvelles idées extravagantes? Dans quels emplois vous êtes-vous spécialisé, depuis?

— Pompe à essence, mécano, bureaucrate temporaire, plongeur dans un cabaret.

Elle eut un rire sardonique.

— En somme, vous dégringolez l'échelle.

— Pas du tout. Cela relève de mon plan.

— Voulez-vous du thé ou du café?

J'optai pour le café, car le thé commençait

à me dégoûter. Ma mère sortit un « cake », préparé par elle, et nous goûtâmes en silence.

— Vous avez changé, Mike.

— Comment cela?

— Je ne sais pas, mais je le sens. Que vous est-il arrivé?

— Pourquoi quelque chose m'arriverait-il?

— Vous semblez excité.

— Je suis en route pour dévaliser une banque.

— Cela m'étonnerait.

— Pourtant c'est, paraît-il, un moyen facile de s'enrichir à l'heure actuelle.

— Mais qui nécessite une longue préparation et plus d'effort intellectuel que vous n'en êtes capable.

— Vous vous figurez que vous me connaissez à fond, n'est-ce pas?

— Pas du tout. Je ne sais rien de vous car nous sommes aussi différents l'un de l'autre que le jour et la nuit. Mais je devine quand vous mijotez quelque chose. Qu'est-ce que c'est, cette fois? Une fille?

— Qu'est-ce qui vous porte à le croire?

— J'ai toujours pensé que ça arriverait tôt ou tard.

— Vous n'ignorez pas que j'ai commencé à fréquenter les filles il y a belle lurette.

— Celles-là ne servaient qu'à distraire un garçon désœuvré. Vous avez toujours couru à droite et à gauche, mais jusqu'à présent, vous ne vous êtes attaché à aucune d'elles.

— Et vous pensez que maintenant, c'est différent?

— Est-ce que je me trompe, Mike?

Evitant de rencontrer son regard, j'admis :

— Dans un sens, non.

— Quel genre de personne est-elle?

— Le genre qui me convient.

— Me la présenterez-vous?

— Non.

— C'est donc cela.

— Vous faites fausse route. Je ne veux pas vous peiner, mais...

— Je ne suis pas peinée. Vous ne voulez pas que je la voie, tout simplement parce que je pourrais la juger.

— Votre opinion ne changerait pas mon choix.

— Mais cela vous porterait un coup, car vous tenez toujours compte de mes réactions. Je suis la seule personne au monde à posséder le pouvoir de détruire votre confiance en vous-même. Est-ce que la fille qui vous a mis le grappin dessus est une propre à rien?

Je ne pus m'empêcher de rire.

— Propre à rien? Si seulement vous la voyiez.

— Qu'attendez-vous de moi? Vous venez toujours avec une arrière-pensée.

— De l'argent.

— Est-ce pour le dépenser avec cette fille?

— Non. J'ai besoin d'un complet ultra-chic pour mon mariage.

— Vous l'épousez donc?

— Si elle veut bien de moi.

Du coup, elle changea de ton.

— Vous ne vous confiez jamais, Mike. Je constate que vous tenez à elle. Je peux dire que j'ai toujours craint que vous ne tombiez sur une bonne à rien.

Furieux, je criai :

— Allez au diable.

Et je sortis en claquant la porte.

CHAPITRE VII

En rentrant chez moi, je trouvai un télégramme expédié d'Antibes. Je l'ouvris fébrilement et lus :

« *Rendez-vous demain, 4 h 30, au même endroit. Ellie.* »

Je retrouvai donc Ellie dans Regent's Park et tout de suite, je notai qu'elle paraissait embarrassée. Comme, de mon côté, je m'apprêtais à lui demander de devenir ma femme, je ne me sentais pas non plus très à l'aise. L'idée qu'elle se préparait à me donner mon congé me traversa un moment l'esprit, mais je dois dire que je ne m'y arrêtai pas longtemps, car je fondais mon avenir sur la certitude qu'Ellie m'aimait. Cependant, son petit air indépendant et assuré me déconcertait. Je ne pouvais croire qu'il tînt au nouvel anniversaire qu'elle venait de célébrer.

Elle fit quelques allusions à son séjour en France, en compagnie de sa famille, puis lança à brûle-pourpoint :

— J'ai vu cette maison, dont vous me parliez. Celle que votre ami architecte a construite.

— Santonix?

— Oui. Nous y avons déjeuné, un jour.

— Votre belle-mère connaît-elle Mr. Constantine?

— Pas exactement, mais... Greta s'est débrouillée pour que nous le rencontrions.

— Greta, toujours Greta.

— Elle a un don certain pour arranger les choses.

— Ainsi, elle a fait en sorte que votre belle-mère et vous...

— Et oncle Franck.

— Une vraie réunion de famille. Greta était présente, j'imagine?

— Non. Cora, ma belle-mère, ne l'aurait pas permis.

— Pardon. J'oubliais que Greta joue le rôle de la parente pauvre. Elle doit probablement en souffrir?

— Pas du tout. Elle est une sorte de compagne pour moi.

— Votre chaperon, peut-être?

— Oh! Taisez-vous! Je veux vous parler de quelque chose d'important. J'ai enfin compris ce que vous me disiez au sujet de votre ami Santonix. Cette maison est formidable, totalement différente de n'importe quelle autre. Je crois que ce serait magnifique s'il pouvait en construire une pour nous.

Elle avait dit « nous » sans y penser et je compris brusquement qu'elle avait accepté de se rendre sur la Côte d'Azur avec sa famille dans le seul dessein d'aller examiner la maison que je lui avais décrite.

— Je suis heureux qu'elle vous plaise.

— Qu'avez-vous fait durant mon absence?

— J'ai poursuivi mon travail dénué d'intérêt. Je me suis aussi rendu aux courses où j'ai placé tout mon argent sur un « outsider » qui a gagné à trente contre un.

— Bravo!

Elle avait répondu sans le moindre enthousiasme, car jouer toute sa fortune sur un cheval, ne signifiait rien dans le monde d'Ellie.

— J'ai aussi rendu visite à ma mère.

— Vous ne me parlez jamais d'elle.

— Trouvez-vous cela étrange?

— Vous ne l'aimez pas?

— Ma foi, je ne saurais le dire. Parfois, je me persuade qu'elle m'est indifférente. Après tout, on grandit et l'on se détache des parents.

— Je pense, au contraire, que vous lui êtes très attaché, sinon vous ne seriez pas aussi incertain lorsque vous parlez d'elle.

— Elle m'effraie un peu. Elle me connaît très bien et décèle, sans effort, le mauvais côté de ma nature.

— Il faut bien que quelqu'un le connaisse.

— Qu'entendez-vous par là?

— Je crois que c'est un grand écrivain qui a

dit « Aucun homme n'est un héros pour son valet ». Tout le monde devrait peut-être avoir un domestique. Il me semble impossible de s'efforcer sans cesse de donner le change.

— Vous êtes très perspicace, Ellie. Et moi, me connaissez-vous à fond?

D'un ton posé, elle répliqua :

— Je pense que oui.

— Pourtant, je ne vous ai jamais beaucoup parlé de moi?

— Dites plutôt que vous ne m'avez jamais parlé de vous. Et malgré cela, je devine assez bien quel genre de garçon vous êtes.

— Je me le demande. Vous allez peut-être me juger ridicule si je vous déclare que je vous aime? Vous en étiez persuadée depuis notre rencontre, n'est-ce pas?

— Oui. Et de votre côté, vous n'ignorez pas que je vous aime aussi.

— Qu'allons-nous décider, Ellie? Vous êtes au courant de l'existence que j'ai toujours menée. Ma mère vit dans une petite rue austère qui ne correspond en rien à l'univers où vous évoluez. Je doute que nos deux mondes puissent jamais se rencontrer.

— Présentez-moi à votre mère, Mike.

— J'aime mieux pas. Vous pensez sans doute que c'est cruel de ma part, mais il faut comprendre qu'ensemble nous mènerons une existence assez bizarre. Une sorte d'intermédiaire entre nos passés respectifs. Une vie nouvelle où nous créerons un terrain d'entente qui aplanira ma pauvreté et votre richesse, mon ignorance et votre culture, vos usages mondains. Mes amis penseraient que vous êtes une mijaurée et les vôtres me trouveraient grossier. Que faire, Ellie?

— Je vais vous répondre : Nous irons vivre au « Champ du Gitan » dans une maison... une maison de rêve... que construira pour nous votre ami Santonix. Voilà. Et tout d'abord, nous allons nous marier. C'est bien ce que vous souhaitiez?

— Oui, si de votre côté vous êtes sûre de vos sentiments pour moi.

— Eh bien! nous nous marierons la semaine prochaine. A présent, je suis en âge d'épouser qui me plaît! Quant à nos familles, je crois que vous avez raison. Nous les mettrons devant le fait accompli. A ce moment-là, elles pourront dire ce qu'elles voudront, rien n'aura d'importance.

— Ellie chérie, c'est merveilleux! Mais il y a une chose que j'ai le chagrin de vous annoncer. Nous ne pourrons habiter le « Champ du Gitan »... La propriété a été vendue. Il nous faudra choisir un autre...

— Le « Champ du Gitan »? Je le sais bien, grand bêta! Mike, c'est moi qui l'ai acheté!

CHAPITRE VIII

Nous étions assis dans l'herbe près du ruisseau où poussaient toutes sortes de fleurs et duquel divergeaient plusieurs sentiers dallés d'ardoises. Disséminés çà et là, des couples goûtaient comme nous la beauté de cette journée, mais nous ne les remarquions pas. Nous étions trop heureux pour nous occuper des autres. Je contemplais Ellie, si jolie, si fragile. Le son de sa voix me ramena à la réalité.

— Mike, il y a quelque chose que vous devez savoir à mon sujet.

— Voyons, chérie, ce n'est pas nécessaire.

— Il le faut. J'aurais dû vous en parler depuis longtemps, mais je craignais que cette révélation ne vous éloignât de moi. En un sens, c'est l'explication de mon acquisition récente.

— Le « Champ du Gitan »? Comment vous y êtes-vous prise?

— En passant par des notaires, selon la méthode habituelle. Je dois reconnaître qu'ils ont estimé que cette propriété est un bon placement. D'après eux, elle augmentera bientôt de valeur.

J'étais surpris de découvrir en cette petite fille timide une femme d'affaires accomplie.

— Quelles démarches avez-vous entreprises?

— Eh bien! je suis allée trouver un notaire, à l'insu de ma famille et il a découvert que les acheteurs éventuels ne voulaient pas offrir cher du domaine. J'ai donc tout mis en marche pour préparer l'acte d'achat que je devais signer le jour de ma majorité. Ce qui est chose faite, à présent.

— Mais... ne deviez-vous pas au préalable verser une provision? Possédiez-vous assez d'argent?

— Non, mais il est toujours possible de s'adresser à des compagnies qui remédient à cela, moyennant un bel intérêt. Elles prennent le risque de vous voir mourir avant que le marché ne soit conclu et liquidé, c'est-à-dire, dans mon cas, le jour où je devais atteindre ma majorité. Elles vous demandent, en échange, de continuer à s'occuper de vos affaires, à l'avenir.

— Ellie, votre sens des affaires m'effraie!

— Laissons les affaires et revenons à ce que je m'apprêtais à vous avouer.

— Je ne veux rien entendre! criai-je. Votre passé ne me regarde pas et si vous en avez aimé un autre...

— Il n'y a jamais eu personne dans ma vie

que vous, Mike. Mais... voilà, je... je suis riche.

— Vous me l'avez déjà dit.

— Très riche. Mon grand-père possédait des exploitations pétrolières en plus de placements sûrs. Les épouses auxquelles il versait des pensions alimentaires sont mortes. Maintenant que mon père et ses deux frères ont disparu, l'un est tombé en Corée, l'autre a péri dans un accident de voiture, je suis la seule héritière, à l'exception d'une somme globale qui revient à ma belle-mère. La fortune avait été confiée à mes tuteurs, et je suis entrée en possession de mes biens le jour de ma majorité. Je suis l'une des femmes les plus riches d'Amérique, Mike.

— Seigneur, je n'aurais jamais pensé...

— Je ne tenais pas à ce que vous soyez au courant. C'est pour cela que je vous ai un peu menti au sujet de mon nom qui s'épelle Guteman.

— Qu'importe! Bien des gens portent ce genre de nom, de nos jours.

— Vous comprenez maintenant pourquoi j'ai toujours mené une vie de recluse? Des détectives me surveillaient nuit et jour chaque fois que nous voyagions, et aucun jeune homme n'était autorisé à m'adresser la parole, avant d'avoir subi un interrogatoire préalable. Mais Dieu merci, tout est changé à présent. N'est-ce pas?

— Certainement. Nous allons nous amuser,

et permettez-moi de vous affirmer que vous ne serez jamais trop riche pour moi!

Nous rîmes et Ellie me confia :

— Ce que j'aime chez vous, c'est que vous ne vous embarrassez pas de préambules.

— N'oubliez pas que j'ai un avantage sur vous, car j'imagine que vous payez de très lourds impôts. Moi, tout ce que je gagne, je le mets dans ma poche et personne ne peut y toucher!

— Nous aurons notre maison sur le « Champ du Gitan! »

Elle frissonna.

— Vous n'avez pas froid, chérie?

Je levai les yeux au ciel. Le soleil brillait et l'air était chaud.

— Non... non. Je pensais seulement à... cette Bohémienne rencontrée sur la propriété.

— Elle est folle. Vous n'avez rien à craindre d'elle.

— Croyez-vous qu'elle soit vraiment persuadée que la lande est maudite, là-haut?

— Ce genre de femme profère toujours des malédictions.

— Que connaissez-vous de ces gens-là?

Sincère, je répliquai :

— Absolument rien que leur réputation. Si vous ne voulez plus du « Champ du Gitan », nous planterons notre maison ailleurs. Le monde possède sûrement d'autres retraites idéales.

— Non, je la veux sur le « Champ du Gitan ».

C'est là que je vous ai aperçu pour la première fois et je n'oublierai jamais votre regard étonné en me trouvant près du grand sapin.

— Moi-même, je garderai le souvenir de notre première rencontre, toujours gravé dans mon esprit.

— Donc, c'est décidé, nous vivrons là-bas et c'est votre ami Santonix qui construira la maison.

— J'espère qu'il vit encore. Il était tellement malade...

— Bien sûr qu'il vit encore. Je suis allée le voir, lors de mon séjour en France. On le soignait dans un sanatorium.

— Vous m'étonnez de plus en plus, Ellie.

— Il est merveilleux, et cependant assez effrayant.

— Vous a-t-il fait peur?

— Oui, pour une raison que je ne puis m'expliquer.

— Lui avez-vous parlé de nous deux?

— De nous, du « Champ du Gitan » et de la maison. Il m'a dit qu'il aurait probablement la force de se rendre sur place et de dresser les plans et qu'il ne voulait pas mourir avant que le travail fût achevé. Je lui ai déclaré qu'il ne devait en aucun cas quitter la vie de sitôt, car je tenais à ce qu'il nous voie évoluer dans notre home.

— Qu'a-t-il dit?

— Il m'a demandé si j'avais conscience de

ce que je faisais en vous épousant? Je lui ai affirmé que oui.

— Ensuite?

— Il s'est posé la même question à votre sujet.

— Je sais parfaitement ce que je fais.

— Il a conclu par : « Miss Guteman, vous suivrez toujours le chemin que vous avez choisi et vous avez la tête bien plantée sur les épaules, mais je crains que Mike n'ait pas encore assez vécu pour voir clairement où il va. » J'ai riposté que vous seriez en sécurité tant que vous m'auriez à vos côtés.

J'étais furieux contre Santonix. Il me rappelait ma mère qui se figurait toujours me connaître mieux que je ne me connaissais moi-même.

— Je sais où je vais, affirmais-je, et nous nous y rendrons ensemble, Ellie.

— Les ouvriers se sont déjà attaqué aux ruines. Dès que les plans seront dressés, Santonix désire qu'ils se hâtent de poser les fondations. Voulez-vous que nous nous mariions mardi prochain?

— Il n'y aura que vous et moi, promis?

— Je pensais que Greta...

— Zut pour Greta! Nous trouverons les témoins nécessaires dans la rue.

Lorsque je jette un coup d'œil en arrière, je pense vraiment que ce jour-là fut le plus beau de ma vie.

DEUXIÈME PARTIE

CHAPITRE IX

Ellie devint donc ma femme, mais contrairement aux contes de fée et romans, nous ne connûmes que quelques semaines d'un bonheur parfait, bientôt troublé par les excentricités de ceux qu'Ellie nommait « sa famille ».

Au début, grâce à l'habile Greta, personne ne sembla remarquer l'absence de la riche héritière. Mrs. Van Stuyvesant, tout occupée de ses obligations mondaines et de ses soucis sentimentaux, voyageait constamment sans se préoccuper de sa belle-fille. Des gouvernantes, des professeurs avaient veillé sur l'éducation d'Ellie, libre à elle désormais, de s'installer en Europe plutôt qu'aux Etats-Unis. Majeure et en possession de son immense fortune, plus aucun membre de sa famille n'avait le moindre droit sur elle. Je découvris un jour, qu'Ellie n'employait pas moins de trois notaires et se trouvait à la tête d'un réseau financier colossal. A l'occasion, je jetai un coup d'œil sur ce monde auquel je ne comprenais rien. Il ne venait jamais à l'esprit de ma femme de me guider dans un univers qu'elle avait toujours connu. En fait, déceler chez l'autre les différentes habitudes héritées du passé fut, sans que nous nous en doutions, ce qui nous enchanta au début de notre mariage. Je dois confesser que je ne mis pas longtemps à réaliser que les pauvres n'ont aucune idée de la manière dont vivent les riches, et vice versa.

Demandant à Ellie si notre union secrète allait nous attirer une pluie de reproches de la part de sa famille, elle répondit, sans la moindre émotion :

— Sans aucun doute. Il est probable qu'ils se montreront tous odieux; j'espère cependant que vous ne m'en voudrez pas, Mike?

— Moi? Je pensais à vous.

— Nous ne serons pas forcés de les écouter et, de toute manière, ils ne pourront rien contre nous.

— J'imagine qu'ils chercheront un moyen de nous séparer?

— Ils essaieront vraisemblablement de vous acheter.

— M'acheter!

— Ne prenez pas cet air scandalisé!... On ne vous soumettra pas la proposition aussi crûment. Je me souviens que la famille de Minnie Thompson a réussi de cette façon à éloigner son premier mari.

— Thompson, l'héritière de la compagnie pétrolière?

— Elle-même! Elle avait épousé en cachette un sauveteur rencontré sur une plage estivale.

— Ellie... Je dois vous dire, moi aussi, j'ai été sauveteur sur une petite plage.

— Vraiment? Que c'est amusant! Pendant combien de temps?

— Une saison seulement. Parlez-moi de l'affaire Thompson.

— Les parents ont dû payer deux cent mille dollars je crois. Le garçon ne voulait pas lâcher à moins.

— Ainsi, je n'ai pas seulement trouvé une compagne, mais encore une femme qui représente un capital facile à monnayer, et à prix d'or.

— Exactement. Pour cela, il vous suffit d'appeler un homme de loi connu et le charger des formalités du divorce. Ma belle-mère s'est déjà remariée trois fois, et en a toujours tiré profit.. Allons, Mike, ne faites pas cette tête-là.

J'avoue que j'étais scandalisé. La corruption de la société moderne m'écœurait et je ne pouvais comprendre comment Ellie, si simple, si pure, avait pu accepter de telles intrigues sans se révolter. En réalité, son mariage avec moi était bien une manifestation de révolte. Il est vrai, d'une part, que cette société-là ne constitue qu'un cercle restreint et que, d'autre part, ma femme ne savait rien de la corruption qui exerce aussi ses ravages dans le peuple, et que j'avais souvent côtoyée. Elle ignorait quelles tentations accablent un jeune homme pauvre dont la mère se tue au travail pour qu'il ne devienne pas un voyou. Elle ne se doutait pas de l'amertume d'une telle mère le jour où elle découvre que son rejeton a misé toutes ses économies sur un cheval, dans l'espoir de faire fortune en deux minutes.

Me retournant sur notre passé, je comprends à quel point nous fûmes heureux, Ellie et moi, au début de notre mariage. J'acceptais notre bonheur comme la chose « la plus naturelle » du monde, Ellie aussi.

Nous nous sommes mariés à la mairie de Plymouth, loin des journalistes et des photographes qui ignoraient que la riche héritière Guteman séjournait en Angleterre. A l'occasion ils passaient un article où ils parlaient de son passage en Italie ou de sa visite sur le yacht d'une personnalité en vue. Le secrétaire de mairie et une employée, prise au hasard, nous servirent de témoins. La cérémonie terminée, nous nous sommes cachés quelques jours dans un hôtel au bord de la mer, puis nous avons voyagé durant trois semaines au gré de nos caprices.

Je découvris ainsi la Grèce, Venise, Florence, un coin de la côte d'Azur que je ne connaissais pas, et bien d'autres endroits dont j'ai oublié les noms. Nous prenions parfois l'avion, louions pour un jour ou deux un yacht, de grandes et puissantes voitures. Et tandis que nous nous amusions, Greta tenait toujours son rôle auprès de la famille.

Ellie admettait avec lucidité :

— Je me doute bien que le jour où il faudra payer arrivera bientôt. Ils nous tomberont dessus comme une volée de vautours. Autant nous soûler de liberté avant leur assaut.

— Qu'arrivera-t-il à Greta quand ils apprendront la vérité?

— Je ne sais pas mais je lui fais confiance, elle saura se défendre.

— Ne l'empêcheront-ils pas de trouver un nouvel emploi?

— Pourquoi irait-elle travailler, puisqu'elle pourrait venir vivre avec nous?

— Ah! non, Ellie! Nous n'avons besoin de personne.

— Greta ne nous gênerait pas. Elle est très compétente, vous savez. Franchement, je ne sais pas ce que je deviendrais sans elle. Elle organise et dirige tout à merveille.

— Je ne pense pas que cela me plairait. Notre maison doit être pour nous et pour nous seulement. Je ne veux pas de femme — même très compétente — dans notre entourage!

— Ce serait cruel de laisser tomber la pauvre fille après tout ce qu'elle a fait pour nous. Sans elle, nous aurions été séparés depuis longtemps.

— Je suis sûr que nous serions venus à bout de l'hostilité de votre famille. Je ne supporterai pas que cette fille s'interpose dans notre ménage.

— Comment pouvez-vous la juger aussi mal, vous ne la connaissez même pas?

— Je suis sûr qu'elle me taperait sur les nerfs. Je veux que nous restions seuls, Ellie, seuls dans notre maison de rêve.

— Mike, chéri...

Nous en restâmes là pour cette fois.

De passage dans un petit port de pêche grec, nous eûmes la surprise d'y découvrir Santonix. Il avait tellement changé depuis notre dernière rencontre que j'eus du mal à lui cacher mon étonnement. Il se montra heureux de nous revoir.

— Ainsi, vous voilà mariés!

Ellie répondit :

— Oui, et à présent vous allez nous construire notre maison, n'est-ce pas?

— Les dessins et les plans sont prêts. Mike... votre femme vous a-t-elle dit comment elle était venue me tirer de ma torpeur, en m'écrasant de commandes?

— Voyons, Mr. Santonix...

— Je vous remercie pour les nombreuses photos que vous m'avez envoyées, ma chère, de ce site idéal.

— Il faudra cependant que vous veniez sur place vous rendre compte par vous-même.

Après tout, il se peut que l'endroit ne vous plaise pas.

— Rassurez-vous, il me plaît.

— Comment pouvez-vous en être sûr, si vous...

— Je m'y suis rendu par avion, la semaine dernière et j'y ai même rencontré votre notaire anglais, Ellie. L'homme au visage en lame de couteau.

— Mr. Crawford?

— C'est cela. J'ai déjà tout mis en route. Le terrain doit être déblayé, à présent, les ruines enlevées, les fondations et canalisations posées. A votre retour, vous me trouverez sur place.

Il alla quérir ses plans et nous nous penchâmes sur ce qui serait bientôt notre royaume. L'artiste avait peint un petit tableau pour nous donner un aperçu plus vrai de la future réalité.

— Vous plaît-elle, Mike?

Je laissai échapper un profond soupir.

— Vous m'en aviez assez parlé, Mike. Parfois même, il m'arrivait de penser que ce bout de terrain vous avait ensorcelé. Vous avez été tout de suite envahi par un rêve qui pouvait ne se réaliser jamais.

Inquiète, Ellie hasarda :

— Mais vous consentez à le matérialiser.

— Si Dieu ou le diable le veut.

Embarrassé, je questionnai :

— Votre santé s'améliore il me semble?

— Faites donc entrer dans votre tête de mule que je ne serai jamais bien et que mon mal ira toujours en empirant. Je n'en ai plus pour longtemps.

— Quelle bêtise! La médecine découvre chaque jour des armes nouvelles. Et même, lorsqu'elle condamne un malade, ce dernier, s'il se rit d'elle, peut vivre encore vingt ans!

— J'admire votre optimisme, Mike. Malheureusement, ma maladie n'est pas aussi simple que cela. De temps à autre, on m'emmène à l'hôpital pour me transfuser une dose de sang nouveau et vigoureux dans les veines afin de me soutenir pour quelque temps. A chaque transfusion, néanmoins, je m'affaiblis un peu plus, et personne n'y peut rien.

— Vous êtes très courageux, Mr. Santonix.

— Il n'y a aucun courage à accepter une situation sans espoir, mon enfant. Tout ce que je puis faire, est de trouver un dérivatif qui atténue l'angoisse de l'attente.

— En construisant des maisons?

— Non, car cela demande un trop gros effort qu'il m'est de plus en plus pénible de fournir. Je faisais allusion à d'autres consolations, assez insolites d'ailleurs.

— Quoi donc?

— Je ne sais si vous comprendrez... Dans un corps qui s'affaiblit, la vitalité s'amenuise tandis que le cerveau se révolte. Le jour vient où l'on conçoit que puisque l'on doit bientôt mourir, toute tentative déraisonnable est possible. Je m'amuse à rêver toutes sortes de folies! Par exemple, que je traverse les rues d'Athènes en tuant à bout portant tous les passants dont la tête ne me revient pas.

— Dans la réalité, la police ne mettrait pas longtemps à vous arrêter.

— Et après? Qu'importe la mort, puisque je suis déjà condamné par une force plus puissante que toutes les lois. Impossible de m'emprisonner pour trente ans. Je n'en verrais jamais la fin. Je dois cependant avouer que cette extraordinaire force, que je me suis octroyée, ne me procure qu'un plaisir relatif, aucun acte criminel ne me tentant vraiment.

Dans la voiture qui nous ramenait vers notre hôtel, Ellie me confia :

— Quel homme étrange... Parfois, il me fait peur, Mike.

— Santonix? Quelle drôle d'idée.

— Il y a en lui une cruauté et une arrogance que sa maladie rend dangereuse. Imaginez qu'il nous construise notre maison à l'écart du monde et, que le jour où nous nous y installerons, il vienne derrière notre dos et...

— Et?

— ... Et refermant la porte sur lui, nous assassine froidement.

— Ellie! Où allez-vous chercher des idées pareilles? Je vous en prie, n'associez pas le mot assassinat au « Champ du Gitan »!

— Pourtant, la malédiction qui semble planer sur la propriété m'y incite.

— Aucune malédiction ne plane sur le « Champ du Gitan »! Mettez-vous bien ça dans la tête et n'y pensez plus.

CHAPITRE X

Le lendemain, nous gravissions les marches de l'Acropole lorsqu'une touriste se détacha d'un groupe que nous croisions pour se précipiter vers Ellie.

— Mon Dieu! Est-ce bien vous, Ellie Guteman? Qui aurait pensé que je vous trouverais en Grèce. Faites-vous une croisière?

— Non, seulement de passage à Athènes.

— Quel plaisir de vous revoir! Comment va Cora? Est-elle ici?

— Non. Cora est à Salzburg.

— Très bien... très bien.

Comme la nouvelle venue me fixait avec insistance, Ellie nous présenta :

— Mr. Rogers... Mrs. Bennington.

J'inclinai la tête et l'Américaine se tournant vers Ellie :

— Combien de temps restez-vous ici, ma chère?

— Je repars demain.

— Quel dommage! Oh!... il faut absolument que je vous quitte, car mon groupe va disparaître. Je ne veux pas manquer un mot des explications de notre guide. Bien que je me sente déjà éreintée, je trouve ce qu'il raconte passionnant. Nous retrouverons-nous ce soir pour prendre un verre?

— Je ne pense pas, car nous partons en excursion et je ne sais à quelle heure nous serons de retour.

La bavarde s'éloigna rapidement. Ellie, qui s'apprêtait à reprendre son ascension, fit brusquement demi-tour.

— Cette rencontre arrange tout.

— Comment cela?

— Ce soir, je vais devoir écrire à Cora, oncle Andrew et oncle Franck.

— Qui est oncle Andrew?

— Andrew Lippincott n'est pas vraiment mon parent, mais mon subrogé tuteur. Il est de plus, un homme de loi très réputé.

— Qu'allez-vous leur écrire?

— Que je suis mariée. Je ne pouvais annoncer la nouvelle à Nora Bennington. Il faut que ma famille l'apprenne en premier. Enfin... nous nous sommes offert un peu de bon temps. Il va falloir que nous organisions une réunion de famille. Si vous voulez, nous pourrions nous rendre à New York pour les rencontrer?

— Cela ne me sourit pas du tout.

— Dans ce cas, nous leur demanderons de venir à Londres. Qu'en pensez-vous?

— Aucune des deux solutions ne m'enchante. Mon seul désir est de rester avec vous dans notre propriété et regarder chaque pierre qu'on posera.

— Ce n'est pas impossible. Après tout, affronter la famille ne nous prendra pas longtemps. Une grande scène... et hop! nous serons libres. Vous préviendrez aussi votre mère.

— Vous n'imaginez pas une rencontre entre votre belle-mère et ses dentelles et ma mère venue de sa pauvre rue? Que diable se diraient-elles?

— Si Cora était ma mère, j'imagine qu'elles trouveraient plaisir à converser ensemble. Voyons, Mike, ne prenez pas tellement au sérieux les différences sociales.

— Moi? N'y a-t-il pas une expression dans votre pays qui décrit bien mon intrusion dans un monde qui n'est pas le mien?

— Ce n'est pas une raison pour vouloir l'épingler dans votre dos.

— Je ne sais ni m'habiller avec goût, ni m'exprimer clairement, ni soutenir une conversation intéressante, etc. J'ai tout juste quelques notions sur les pourboires que l'on doit glisser à différents employés d'hôtel.

— Ce n'est pas un mauvais début.

— Ellie, je ne vous permettrai pas de traîner ma mère à votre réunion de famille. Compris?

— Loin de moi cette pensée. Néanmoins, à notre retour, j'irai me présenter à elle.

— Non!

Mon ton la fit sursauter.

— Pourquoi pas? Ne croyez-vous pas que mon indifférence serait jugée grossière? Votre mère sait-elle au moins que vous êtes marié?

— Pas encore.

— J'ignore la raison de votre silence. Quoi de plus simple que de l'en informer et m'emmener la voir?

— N'insistez pas, Ellie, je m'y oppose catégoriquement.

— Vous... vous ne voulez pas que nous nous connaissions?

Je pensais qu'elle l'avait compris dès le début et voilà qu'il me fallait lui fournir des explications!

— Réfléchissez, chérie. Ce ne serait pas convenable.

— Vous croyez qu'elle ne m'aimerait pas?

— Tous ceux qui vous rencontrent ne peuvent s'empêcher de vous aimer, Ellie, mais... je crains qu'elle ne m'en veuille d'avoir épousé une fille d'un autre rang que le nôtre.

— Réagit-on encore vraiment ainsi de nos jours?

— Bien sûr, et votre pays ne fait pas exception à la règle.

— Dans un sens, vous avez raison. Pourtant, si quelqu'un réussit à percer...

— Vous voulez dire, s'il fait fortune!

— L'argent n'entre pas toujours en ligne de compte.

— Vous savez bien que si, voyons. Celui qui a de l'argent, est admiré et envié sans que personne se soucie de ses antécédents.

— Mais Mike, ce serait cruel de ne rien révéler à votre mère.

— Pas du tout. Laissez-moi juge en cette matière. Apprendre notre situation la bouleverserait.

— Vous lui direz quand même que vous êtes marié?

— Si vous y tenez.

Il me vint soudain à l'esprit qu'il me serait plus facile de me débarrasser de cette mission alors que nous étions encore à l'étranger, et ce soir-là, tandis qu'Ellie se chargeait d'expédier des missives à ses oncles et à Cora, je rédigeai une courte lettre ainsi conçue : « *Chère Mummy; j'aurais dû vous annoncer la nouvelle plus tôt, mais je ne savais comment m'y prendre. Je suis marié depuis trois semaines. Elle est très jolie, très gentille et possède beaucoup d'argent, ce qui rend parfois les choses assez embarrassantes. Nous allons nous construire une maison à la campagne. Pour le moment, nous voyageons à travers l'Europe. Portez-vous bien. Votre Mike.* »

Notre soirée laborieuse eut des résultats assez divers. Ma mère laissa s'écouler une semaine avant de m'envoyer une réponse laconique dont le ton ne me surprit nullement. « *Cher Mike, j'étais contente de recevoir votre lettre. J'espère que vous serez très heureux. Votre mère affectionnée.* »

Par contre, ainsi qu'Ellie l'avait prédit, la nouvelle suscita beaucoup d'agitation chez les siens. Pour commencer, une pluie de reporters nous tomba dessus et les journaux commentèrent notre idylle « romanesque ». Des lettres de banquiers et d'hommes d'affaires se succédèrent et, pour finir, des rendez-vous officiels furent fixés. Nous avons pris l'avion, sommes allés voir où en était notre maison. Nous avons discuté avec Santonix des dernières améliorations puis, ayant emprunté la route de Londres, nous nous sommes installés au Claridge, prêts à affronter les hostilités.

Notre premier visiteur fut Andrew P. Lippincott, un homme d'un certain âge, grand, sec, très collet-monté qui s'exprimait de façon maniérée. Il arrivait de Boston et parlait un anglais des plus purs.

Il se présenta en fin de matinée, embrassa une Ellie qui s'était rongé les ongles depuis son lever, et serra la main à un Mike s'efforçant d'arborer un air dégagé.

— Ellie, ma chère, vous avez une mine ravissante. Je dirai même que vous resplendissez.

— Comment allez-vous, oncle Andrew? Etes-vous venu en avion?

— Non, j'ai eu une très agréable traversée sur le « Queen Mary ». Voici donc votre mari.

— Oui, c'est Mike.

J'espérai me montrer à la hauteur de la situation en offrant un verre à notre visiteur qui refusa, avant de prendre place dans un fauteuil à dossier droit et accoudoirs de bois sculpté, pour nous contempler Ellie et moi, sans se départir de son aimable sourire.

— Savez-vous, jeunes gens, que vous nous avez causé bien des soucis avec votre très romantique mariage?

— Je suis désolée, oncle Andrew, vraiment désolée.

— Vous vous repentez un peu tard, ma chère.

— J'ai cru agir pour le mieux.

— Permettez-moi de ne pas être entièrement d'accord avec vous sur ce point.

— Vous n'ignorez pourtant pas que si nous avions agi au grand jour, tout le monde nous aurait mis des bâtons dans les roues.

— Qu'est-ce qui vous incline à le croire?

— Vous les connaissez aussi bien que moi pour comprendre ce que je veux dire. D'ailleurs, vous aussi, vous vous seriez dressé contre nous. J'ai déjà reçu deux lettres de Cora, depuis hier.

— Vu les circonstances, vous ne deviez guère vous attendre à moins.

— L'homme que j'épouse et la manière dont s'est fait notre mariage, ne regardent personne.

— Votre décision aurait choqué le clan féminin de n'importe quelle famille.

— Eh bien! moi, j'ai la conviction d'avoir évité des ennuis à tout le monde.

— Admettons. Il n'en reste pas moins que vous avez usé de supercherie... aidée d'ailleurs en cela par une personne qui aurait mieux fait de se tenir à sa place.

Ellie rougit.

— Vous faites allusion à Greta. Elle a simplement obéi à mes ordres. Les autres lui en veulent-ils beaucoup?

— Naturellement! Ni elle ni vous ne pouviez espérer qu'il en serait autrement! Rappelez-vous que Greta occupait un poste de confiance.

— Je suis majeure et donc maîtresse de mes actes.

— Je crois savoir que votre roman a débuté avant votre majorité?

Je tentai d'intervenir.

— N'en veuillez pas trop à Ellie, monsieur. A l'époque, j'ignorais tout de la façon dont vivait ma future femme. Sa famille habitant un autre pays, nos rapports entre elle et moi se révélaient difficiles.

— Je comprends parfaitement que sur l'ordre d'Ellie, Greta mit à la poste certaines lettres en fournissant de fausses informations à Mrs. Van Stuyvesant et à moi-même. Connaissez-vous Greta Andersen, Michaël? Puisque vous êtes le mari d'Ellie, je crois pouvoir me permettre de vous appeler par votre prénom?

— Je vous en prie. Non... je ne connais pas Miss Andersen.

— Vraiment? Voilà qui me surprend. — Il fixa sur moi un regard scrutateur. — J'aurais cru qu'elle était présente à votre mariage.

Après un coup d'œil de reproche à mon adresse, Ellie observa :

— Non, Greta n'est pas venue.

L'homme de loi qui continuait à m'examiner fut sur le point d'émettre une remarque, mais se retint.

Au bout d'un silence que je trouvais interminable, il annonça :

— Je crains que vous ne deviez vous préparer tous deux à subir les remontrances de l'entourage d'Ellie. Pour ma part, j'ai fait tout mon possible pour amortir le choc.

— Vous êtes donc de notre côté?

— Vous pouvez difficilement demander à un homme de loi prudent de se hasarder à prendre parti. J'ai seulement appris au cours de ma carrière qu'il est sage d'accepter ce que l'on appelle un fait accompli. Vous vous êtes aimés, vous vous êtes mariés aussitôt et, si j'en crois ce qu'Ellie m'a écrit, vous avez acheté une propriété dans le sud de l'Angleterre, sur laquelle vous désirez bâtir une maison. Vous comptez donc vivre dans ce pays?

Légèrement irrité, je rétorquai :

— Y verriez-vous quelque inconvénient, monsieur? En m'épousant, Ellie a acquis le droit de séjour en Grande-Bretagne. Donc, rien ne nous empêche de nous installer ici, si le cœur nous en dit.

— Sans aucun doute. Et dans ce sens, Fenella peut se fixer où bon lui semble puisqu'elle possède des propriétés en plusieurs points du globe. Souvenez-vous, ma chère, que la maison de Nassau vous appartient.

— J'aurais cru qu'elle appartenait plutôt à Cora, à la manière dont elle en parle.

— Elle est enregistrée à votre nom. Il y a aussi celle de Long Island, plus quelques terrains pétrolifères disséminés dans l'Ouest, où vous serez toujours la bienvenue.

Malgré son ton moqueur, je me demandai si ce n'était pas à mon intention qu'il dressait l'inventaire de la fortune de ma femme? Pas très joli de mettre sous le nez d'un mari pauvre l'empire dont sa femme détient les leviers de commande! Je n'aurais pas cru Lippincott capable de ce méchant tour. Il est vrai que s'il me prenait sans doute pour un coureur de dot son petit numéro avait pour but de me laisser entendre que l'opinion publique me condamnerait. Mais comment deviner ce que le vieux renard dissimulait au juste sous sa mine avenante?

Je l'entendis expliquer à Ellie :

— J'ai apporté des dossiers qu'il nous faudra revoir ensemble. J'aurai besoin de votre signature...

— Je serai à votre disposition quand vous le voudrez, oncle Andrew.

— Rien ne presse. J'ai d'autres affaires à régler à Londres où je resterai une dizaine de jours.

Dix jours... ce serait long! Le bonhomme se montrait apparemment aimable envers moi, mais je pressentais qu'il réservait son opinion à mon sujet. De toute manière, s'il décidait de me considérer en ennemi, je ne doutais pas qu'il n'en laisserait rien paraître.

Son toussotement discret me ramena une fois de plus à la réalité.

— A présent que nous avons fait connaissance et que nous sommes renseignés sur ce que vous attendez de l'avenir, permettez-moi, ma chère enfant, d'avoir un entretien privé avec votre mari.

Tout de suite, Ellie s'affola :

— Pourquoi ne pas parler devant moi, oncle Andrew?

Je lui entourai les épaules de mon bras.

— Ne vous alarmez pas, chérie. Il est tout naturel que Mr. Lippincott veuille me jauger.

Je la guidai doucement vers notre chambre dont je refermai sur elles les doubles portes. Revenant prendre place en face de l'homme de loi, je lançai crânement :

— Je vous écoute, monsieur.

— Merci, Michaël. Tout d'abord, je tiens à vous affirmer que je ne suis pas, comme vous le pensez sans doute, votre ennemi.

D'un ton peu convaincu, je murmurai :

— Je suis heureux de vous l'entendre dire.

— Je désire simplement vous entretenir de choses qu'il m'est difficile d'évoquer devant cette chère enfant, dont je suis le tuteur et que j'aime comme ma propre fille. Vous n'avez probablement pas encore eu le temps de réaliser à quel point Fenella est une personne hors du commun tant par sa gentillesse que par son caractère si... impressionnable.

— Soyez assuré que j'aime ma femme...

— L'amour est une autre affaire. Je dois vous avouer en toute franchise que vous ne correspondez pas exactement au type d'homme que j'avais rêvé de lui voir épouser. A l'encontre de sa famille, j'aurais souhaité qu'elle choisît quelqu'un de son entourage, un garçon muni d'un bon bagage...

— Très riche!

— Pas forcément... A mon avis, une même éducation est ce qui assure la base la plus solide pour l'entente entre les époux. Ne me jugez pas trop snob, et soyez persuadé que je n'oublie pas qu'après tout le grand'père Guteman débuta dans la vie en qualité de débardeur, avant de devenir l'un des plus riches Américains de notre époque.

— J'ai encore le temps de suivre son exemple.

— Pourquoi pas? Avez-vous quelque ambition de cette nature?

— L'argent n'est pas ce qui m'intéresse le plus. Non, j'aimerais, ma foi... j'aimerais aller quelque part... accomplir quelque chose... je ne sais pas trop quoi, d'ailleurs.

— Vous souhaitez atteindre le but que vous vous serez fixé? C'est là une légitime et sympathique aspiration.

— Je me rends parfaitement compte que je me trouve au bas de l'échelle, sans le moindre bagage. Je n'ai jamais prétendu le contraire.

— Cette franchise est tout à votre honneur. A présent, Michaël, mon rôle d'administrateur et de conseiller auprès de votre femme me donne le droit de vous interroger sur votre passé.

— J'imagine que vous découvririez tout ce qui vous intéresse en faisant procéder à une petite enquête.

— Ce serait là, en effet, une méthode facile, mais je désire que vous me renseigniez vous-même.

Cette solution ne m'enchantait pas, il devait s'en douter. Ne sommes-nous pas instinctivement poussés à sublimer la triste réalité d'une existence plutôt médiocre? Il m'était souvent arrivé de vanter mes qualités alors que ma conduite n'avait jamais rien eu de très honorable. A ma sortie du collège, par exemple, lorsque je jouais les durs auprès des filles et des copains que je souhaitais épater. Tout le monde agit de même! En chacun de nous, il y a un bon et un mauvais côté. Nous cherchons toujours à dissimuler ce dernier. Toutefois, je ne désirais pas tellement bluffer Lippincott. Certes, il m'avait bien assuré qu'il aimerait apprendre mon passé de ma propre bouche, mais rien ne m'assurait qu'il ne procéderait pas à sa petite enquête ensuite. Alors, j'optai pour la vérité toute nue. Mon père ivrogne, ma vie de pierre qui roule sans amasser de mousse, ma mère — seul membre honorable de la famille — qui s'était tuée au travail pour me permettre de poursuivre des études dont je n'avais tiré aucun profit. Lippincott se montra un auditeur attentif, mais je compris trop tard que les quelques mots qu'il glissait çà et là pour soutenir mon exposé, m'acculaient un peu plus à exprimer la seule vérité. Au bout de dix minutes, je fus soulagé d'en avoir terminé avec cette confession.

Mon interlocuteur déclara aussitôt :

— Vous avez affronté la vie avec un goût très prononcé pour l'aventure, Mr. Rogers... Michaël. A tout prendre, ce n'est pas un mauvais début. Maintenant, parlez-moi un peu de cette maison que vous et Fenella vous proposez d'habiter.

— La propriété se trouve à proximité d'un petit village du nom de Market Chadwell.

— Oui, je suis allé y jeter un coup d'œil avant de venir ici.

J'en eus le souffle coupé. Cette initiative démontrait mieux que n'importe quoi, à quel point ce type empruntait des voies détournées pour établir son opinion.

— Le site est très beau et la maison sera splendide. Santonix s'occupe des plans. Rudolph Santonix... Peut-être le connaissez-vous?

— J'ai vu son nom dans plusieurs revues.

— Je me rappelle qu'il a eu l'occasion de travailler aux Etats-Unis.

— En effet. Un architecte de grande réputation, mais je crois savoir que sa santé lui donne beaucoup de soucis.

— Il se croit à l'article de la mort. Je suis convaincu qu'il exagère. Il guérira. Les médecins et leurs diagnostics ne sont pas infaillibles.

— J'espère que votre opinion se révélera juste. Vous êtes un optimiste, Michaël.

— En ce qui concerne la santé de Santonix, oui.

— J'ai le sentiment que Fenella et vous, avez fait un bon placement en achetant cette propriété.

Son allusion à notre achat commun me toucha.

— J'ai consulté Mr. Crawford à ce sujet et...

— Mr. Crawford?

— Il représente la firme de notaires qui a procédé aux formalités d'achat. Il m'a affirmé que la propriété aurait dû atteindre une somme bien supérieure. Je dois reconnaître que le prix demandé m'a intrigué. Je suis assez familier avec les différents prix du terrain dans ce pays et je ne m'explique pas très bien la raison pour laquelle « Les Tours » s'est vendu si bon marché. Mr. Crawford m'a paru légèrement embarrassé lorsque je lui ai posé la question et s'est refusé à y répondre franchement.

J'ajoutai en ricanant :

— Parce que la propriété est maudite!

— Je vous demande pardon?

— Les Bohémiens qui s'y étaient installés y ont jeté un mauvais sort, avant d'en être chassés. Les villageois l'appellent « Le Champ du Gitan ».

— Racontez-moi ça!

— Je ne sais jusqu'à quel point l'histoire qui circule est authentique, mais il paraîtrait qu'une femme infidèle y fut tuée avec son amant par son mari, lequel se suicida par la suite. Cela remonte à plusieurs années. Cependant les locataires qui s'y installèrent après ce malheureux couple, n'y demeurèrent jamais longtemps. Une bande de Bohémiens campaient à l'origine sur ce terrain et le jour où les autorités les obligèrent à quitter les lieux, ils laissèrent derrière eux une malédiction qui selon eux devait frapper tous ceux qui s'approcheraient de l'endroit.

— Un magnifique échantillon du folklore britannique! Ni Fenella ni vous ne vous êtes laissés impressionner par cette malédiction?

— Nous n'ajoutons pas foi à de telles sottises. Ces racontars nous ont permis d'acquérir la propriété à bas prix et je m'en félicite.

Au moment même où je prononçais ces mots, je compris à quel point ma remarque était ridicule puisque avec l'argent qu'elle possédait, Ellie aurait pu s'offrir des centaines de terrains et de maisons. Néanmoins, le souvenir du grand'père Guteman me rappela qu'un homme qui fait fortune cherche toujours à acheter à bas prix pour revendre avec un gros profit.

Lippincott m'affirma dans un sourire :

— Rassurez-vous, je ne suis pas superstitieux non plus et la vue dont on jouit de votre maison est magnifique. Je souhaite seulement que lorsque vous vous y installerez, votre femme n'entende pas trop parler de ces histoires de malédiction.

— Je ferai tout mon possible pour lui épargner ce désagrément, mais à mon avis, personne n'osera les lui rappeler.

— Les habitants d'un village sont bavards et se plaisent à répandre les contes qui ont un caractère mystérieux. Fenella, ne l'oubliez pas, est très sensible et se laisse facilement impressionner. Ce qui m'amène à un autre sujet... — Il parut réfléchir un moment, puis, frappant sur la table du plat de la main : — Michaël, vous m'avez bien dit que vous ne connaissiez pas Greta Andersen?

— En effet, pourquoi?

— C'est curieux, j'aurais pourtant juré que vous l'aviez rencontrée. Que savez-vous d'elle, Michaël?

— Seulement ce qu'Ellie m'en a rapporté. Elle a vécu auprès d'elle durant des années, à ce qu'elle m'a dit.

— Quatre, pour être précis. Mrs. Van Stuyvesant l'avait engagée pour perfectionner l'allemand de sa belle-fille et l'a gardée pour veiller sur Ellie, en prévision des absences — trop fréquentes à mon avis — qui l'empêchaient de veiller elle-même sur celle qui est devenue votre femme. Les références de Greta était excellentes et il est normal qu'en sa compagnie, Fenella se sentant moins seule, se soit prise d'affection pour elle.

— Je comprends.

— Je dois avouer que l'amitié que ma pupille lui porte me paraît un peu excessive. J'espère que vous ne m'en voudrez pas de vous donner franchement mon opinion?

— Pas du tout. Pour ma part, je reconnais avoir souvent éprouvé une certaine irritation en entendant Ellie citer sans cesse le nom de Greta, comme si cette femme avait seule le don de tout accomplir à la perfection.

— Et malgré cela, ma pupille n'a jamais manifesté l'intention de vous présenter son amie?

— Ma foi, à la réflexion, il me semble qu'elle a dû y faire allusion une ou deux fois, mais à cette époque, nous étions trop occupés de nous-mêmes pour nous attarder sur ce sujet. Je ne désirais pas particulièrement rencontrer cette Greta : je voulais Ellie pour moi seul.

— Je vois... Ellie n'a-t-elle pas souhaité voir Greta assister à votre mariage?

— Si.

— Et vous ne vouliez toujours pas d'elle? Pourquoi?

— Je ne sais pas. J'avais toutefois le sentiment confus que cette personne, encore inconnue, avait trop d'influence sur ma femme qui se laissait guider par elle et acceptait de se plier à ses caprices. Pardonnez-moi, Mr. Lippincott, je ne devrais pas vous raconter cela, mais... depuis que je connais Ellie, je ne puis me défaire d'un vague sentiment de jalousie à l'égard de cette Greta. Sans doute, pour la très simple cérémonie du mariage, Ellie aurait-elle aimé que son amie fût là. Je m'y suis opposé. Je veux que ma femme se défasse de l'influence de cette étrangère.

— Je vous comprends et je reconnais que vous avez agi avec sagesse.

— Vous n'aimez pas Greta, vous non plus, monsieur?

— Vous pouvez difficilement employer les mots « non plus » si vous n'avez jamais rencontré l'intéressée.

— C'est vrai, mais en entendant souvent parler de quelqu'un, on peut se faire une idée assez exacte sur son compte. Pourquoi, n'aimez-vous pas Greta, Mr. Lippincott?

— Tout simplement parce que j'ai le bonheur de ma pupille à cœur. Je crains que l'influence de Miss Andersen ne devienne dangereuse pour Ellie.

— Vous pensez que Greta essayerait de se mettre entre nous?

— Il n'est pas en mon pouvoir d'affirmer une telle chose.

Ce disant, il fixa sur moi un de ces regards perçants qui avaient le don de m'embarrasser. Je ne savais trop que répondre. Lippincott reprit bientôt :

— Pour le moment, il n'est donc pas question que cette personne vienne habiter sous votre toit?

— Si je puis l'éviter, cela ne se produira jamais.

— Vous en avez déjà parlé avec Fenella?

— Vaguement. Mariés depuis très peu de temps, nous aspirons à notre tranquillité... au moins pour quelques mois. Je ne prétends pas que si Greta veut nous rendre visite pour un week-end, nous lui fermerions la porte au nez. A l'occasion, il sera tout à fait naturel qu'Ellie et elle se revoient.

— Bien sûr. Avez-vous pensé que cette jeune personne va bientôt se trouver dans une situation peu enviable? Nul ne voudra prendre à son service une gouvernante qui a abusé de la confiance de ses derniers employeurs.

— Vous croyez que Greta viendra alors, en Angleterre, afin de vivre chez nous?

— Ne prenez pas mes remarques trop au pied de la lettre. Après tout, il est possible que Miss Andersen ne soit pas aussi perverse que je la dépeins. Je ne puis m'empêcher de désapprouver certaines de ses dissimulations et les moyens auxquels elle a eu recours pour mettre son plan à exécution. Je redoute que ma pupille, qui a très bon cœur, ne souffre des ennuis de son amie et que, poussée par un sentiment de culpabilité, de responsabilité en somme, elle ne lui offre de vivre chez vous.

— Je doute fort que ma femme persiste longtemps dans ce sens, monsieur. N'y aurait-il pas un moyen de nous débarrasser de cette gêneuse? Ellie pourrait lui verser une pension.

— Impossible, Miss Andersen est trop jeune. Elle est jeune... et belle. Je dois admettre que les hommes sont généralement attirés par elle. — Il prononça ces mots d'un ton pincé, presque hostile.

— Alors, peut-être se mariera-t-elle? Si elle est aussi remarquable que le prétend Ellie, de plus sa beauté lui fournira un atout majeur dans tous les domaines.

— Il paraîtrait que plusieurs prétendants se sont présentés et qu'elle les a tous repoussés. Votre idée de pension n'est pas mauvaise, après tout. Nous pourrions... la présenter de manière à ne choquer la susceptibilité de personne. Fenella ayant atteint sa majorité et s'étant mariée grâce à l'aide de son amie, céderait à un sentiment de gratitude en lui signant un chèque qui la dédommagerait des difficultés qu'elle pourrait rencontrer.

— Eh bien! tout cela me semble parfait.

— A nouveau, je constate que vous êtes un optimiste, mon garçon. Espérons que Greta acceptera cette solution.

— Elle serait bien sotte de dédaigner un tel cadeau!

— Je voudrais voir cesser son influence sur Ellie. J'aimerais pouvoir compter sur vous pour m'aider à hâter ce résultat.

— Comptez sur moi. Je ferai tout pour empêcher cette fille de s'implanter dans mon ménage.

— Peut-être changerez-vous d'avis en la voyant?

— J'en doute fort. Les maîtresses-femmes m'ont toujours effrayé, quand bien même leur beauté séduirait tous les hommes.

— Merci de m'avoir écouté si patiemment, Michaël. Fenella et vous devrez m'accorder le plaisir de dîner avec moi, un de ces soirs. Mardi prochain, par exemple? Peut-être qu'entre-temps, vous aurez eu la visite de Cora Van Stuyvesant et de Frank Barton.

— Me faudra-t-il vraiment les affronter?

— Certainement. Ne vous laissez pas trop impressionner. — Il dit cela en m'adressant un bon sourire. — Cora se montrera, sans aucun doute, grossière et Frank affichera une bonhomie dépourvue de tact. Reuben ne viendra probablement que plus tard.

— J'ignorais l'existence de ce dernier... un autre parent éloigné peut-être?

J'allai ouvrir la porte de communication et annonçai à Ellie :

— Venez, chérie, l'interrogatoire est terminé.

Elle s'avança timidement dans la pièce, promena son regard de Lippincott à moi puis, sauta au cou de son tuteur.

— Cher oncle Andrew! Je devine que vous avez été gentil avec Mike.

— Ma chère, si je ne me montrais pas diplomate envers votre mari, vous vous dispenseriez très vite de mes services. Je me réserve le droit de vous glisser quelques conseils lorsque je le jugerai nécessaire. Vous êtes si jeunes tous les deux!

— Nous vous écouterons avec patience, oncle Andrew.

— Maintenant, ma chère, j'aimerais m'entretenir quelques instants seul avec vous.

— A mon tour, donc, de disparaître!

Lançant un baiser à Ellie, je refermai sur moi les doubles portes. Comme je n'étais pas aussi bien élevé que ma femme et que j'ignorais tout des bonnes manières inculquées à un gentleman, je rouvris doucement le panneau intérieur afin d'écouter ce qui se dirait dans le salon. Je me faisais du souci pour rien. Après avoir émis certaines remarques sur les difficultés qu'allait me causer ma condition de mari pauvre, Lippincott parla du chèque pour Greta dont nous avions discuté ensemble et conclut :

— Je crois que vous devriez agir de même envers Mrs. Van Stuyvesant. Je sais qu'elle n'a absolument pas besoin de votre soutien financier puisqu'elle reçoit encore une pension du dernier mari duquel elle est divorcée, et que les actions, laissées par votre grand-père à son nom, lui rapportent une somme rondelette. Mais à mon avis, votre offre préviendrait sans doute ses commérages venimeux contre votre époux. Vous lui offririez une augmentation de son revenu en la prévenant que cette majoration lui sera retirée le jour où vous le jugeriez nécessaire. Ainsi prévenue, elle se montrera sûrement gentille avec vous et Michaël.

— Je sais que Cora m'a toujours détestée. Oncle Andrew... que pensez-vous de Mike? Vous a-t-il fait une impression favorable?

— C'est un très beau garçon, et je comprends votre attachement pour lui.

Ma foi, je n'aurais pu espérer mieux comme jugement! Je ne correspondais pas au mari idéal qu'il avait rêvé pour Ellie et il ne cachait pas sa déception. Je refermai doucement le battant et quelques instant plus tard, on vint me libérer.

Notre visiteur prenait congé de nous lorsqu'un gamin apparut, portant un télégramme pour Ellie. Elle le lut à la hâte et poussa soudain une exclamation de plaisir.

— C'est Greta! Elle arrive ce soir à Londres et viendra nous voir demain. Quelle heureuse surprise! Vous ne trouvez pas?

Elle leva les yeux sur deux mines déconfites et d'un ton pincé, Lippincott et moi, lançâmes hyprocritement :

— Sans doute, ma chère.

CHAPITRE XI

Etant sorti très tôt le lendemain matin, je regagnai l'hôtel en fin de matinée pour trouver Ellie en compagnie d'une grande jeune femme blonde. A la manière dont elles s'entretenaient et riaient, je compris leur joie de s'être retrouvées. Mr. Lippincott avait raison, Greta était très belle et je ne doutai pas que les hommes se retournassent sur son passage. Ses cheveux couleur de lin s'enroulaient sur le sommet de sa tête en un chignon flatteur et je devais bien admettre qu'avec ses yeux bleu clair et sa silhouette aux lignes parfaites, Miss Andersen était quelqu'un!

Je m'approchai des deux femmes en cherchant à dominer la gêne qui me paralysait.

— Mike! Venez faire la connaissance de Greta.

Je réussis à articuler une formule de politesse banale et Ellie reprit :

— Vous savez, chéri, sans elle nous n'aurions jamais réussi à nous marier.

Nerveux, je répliquai :

— N'exagérez pas, Ellie! Je suis sûr que nous aurions fini par trouver le moyen de faire entendre raison à votre famille, sans l'aide de personne.

— J'en doute fort. Greta, vous ne m'avez rien écrit sur la façon dont ils se sont conduits envers vous.

— Je me serais bien gardée de troubler votre lune de miel, avec de pareilles histoires.

— Ce dut être terrible?

— Naturellement. Je ne pouvais espérer qu'il en serait autrement mais croyez-moi, j'étais prête depuis longtemps à essuyer leur colère. Comme je le prévoyais, ils ont commencé par me congédier.

— Vous avez tout de même obtenu d'eux un bon certificat?

— Certainement pas! A leurs yeux, j'ai abusé de la confiance dont ils m'honoraient. Je dois avouer que cette... trahison m'a procuré le plus doux plaisir.

— Mais qu'allez-vous devenir à présent?

— J'ai déjà trouvé un emploi.

— A New York?

— Non, ma chère! La semaine prochaine, je débute dans un emploi de secrétaire, à Londres.

— A Londres? Mais pourrez-vous vous y débrouiller?

— Aucun problème matériel ne se pose pour moi avec tous les chèques que vous m'avez laissés, en prévision du jour où vous vous envoleriez du nid.

Son anglais était parfait, teinté d'un petit accent charmant.

— J'ai assez voyagé, reprit-elle, et je vais à présent m'installer à Londres où, en une matinée, j'ai déjà acheté un tas de choses.

Avec un sourire heureux, Ellie remarqua :

— Mike et moi avons aussi fait beaucoup d'emplettes.

Nous avions en effet rapporté quantité d'objets de nos voyages : tissus d'ameublement italiens, tableaux, meubles, destinés à décorer notre intérieur. Chaque pièce nous a coûté un argent que je n'aurais jamais pu amasser durant toute une vie de dur labeur. Que le monde est étrange!

Greta changea de conversation.

— Vous resplendissez tous deux de bonheur.

— Vous n'avez pas encore vu notre maison. Elle sera exactement comme nous l'avions rêvée, n'est-ce pas, Mike?

Sans attendre ma réponse, Miss Andersen s'exclama :

— Je l'ai vue! Figurez-vous qu'à mon arrivée, j'ai loué une voiture et me suis rendue à Kingston Bishop.

En chœur, nous questionnâmes :

— Et alors? Qu'en pensez-vous?

— Ma foi...

Greta resta pensive un instant et je vis pâlir Ellie. Pour ma part, je ne me laissai pas prendre au jeu de l'Allemande, qui s'amusait à nos dépens. Un jeu un peu cruel... Soudain, elle éclata d'un rire argentin.

— Oh! si vous aviez vu vos têtes, surtout vous, Ellie. La maison est simplement magnifique. Cet architecte a du génie!

J'approuvai :

— Sans aucun doute, mais attendez de faire sa connaissance.

— Je l'ai rencontré sur place. Il a une personnalité extraordinaire... effrayante, même.

Je haussai les sourcils.

— Effrayante? Dans quel sens?

— La manière dont son regard vous transperce, comme s'il lisait vos pensées, est assez déconcertante. Il m'a paru très malade. Est-ce que je me trompe?

— Les médecins l'ont condamné.

— Quelle tristesse!... Mais revenons à votre maison. Quand sera-t-elle achevée?

— Bientôt, à en juger par la rapidité avec laquelle elle s'élève.

Greta laissa échapper avec amertume :

— Le pouvoir de l'argent, mon cher. Les

ouvriers font des heures supplémentaires pour toucher des primes... Ellie, vous ne savez à quel point vous êtes privilégiée de posséder une telle fortune.

Moi, je le savais. Le mariage m'avait ouvert les yeux sur bien des choses. Par exemple, autrefois, je me sentais riche en tâtant dans ma poche les quelques livres sterling gagnées aux courses, tout juste suffisantes pour me payer un verre avec une petite amie et le cinéma. Maintenant, je ne calculais même plus ce qu'une journée en compagnie d'Ellie nous coûtait! Nous ne dépensions cependant pas pour le plaisir d'éblouir. Je me souviens qu'il nous était arrivé à Paris d'acheter une baguette de pain, du beurre et un fromage aux fines herbes, que nous avons mangés à la bonne franquette et Ellie éprouva, ce jour-là, plus de joie à mordre à belles dents dans son sandwich, qu'elle n'en avait eu la veille à dîner dans un restaurant à trois étoiles. Une autre fois, ma femme avait préféré un petit tableau de quatre sous, trouvé sur les quais de Venise, à un Cézanne. Ma nouvelle existence n'en présentait pas moins certains problèmes. Je devais me familiariser avec les cérémonies mondaines, apprendre à décider du choix des vins dans un repas. Ellie ne m'était d'aucun secours sur ce point et devant mes hésitations de débutant, elle déclarait immanquablement : « Quelle importance, chéri? Prenez ce qui vous plaira, sans vous soucier de l'opinion des sommeliers. » Comment aurait-elle pu comprendre ma gêne, elle qui avait été élevée dans le milieu où je voulais m'incorporer? Me prenant trop au sérieux, m'appliquant avec trop de zèle, je me faisais remarquer par mon manque de simplicité. J'ignorais que les personnes élevées dans le luxe sont extrêmement simples. En matière d'habillement, Ellie me guidait vers les meilleurs tailleurs de Londres, en me conseillant de les laisser décider pour moi.

Bien que ma nouvelle personnalité laissât encore à désirer, je pensais avoir acquis assez de vernis pour affronter des types du genre de Lippincott et, bientôt même, toute la famille de ma femme. Après cela, plus rien n'importerait, car dès que notre maison serait terminée, j'avais l'intention de m'y réfugier avec Ellie et de rompre avec le monde.

Je levai les yeux sur Greta qui me faisait face et me demandai ce qu'elle pensait du « Champ du Gitan »... Bah! Que pouvait me faire l'appréciation des autres. Cette maison serait mon royaume et c'est là tout ce qui comptait. Je rêvais de me glisser dans un étroit sentier d'où Ellie et moi, déboucherions sur une petite baie au bord de la mer. Nous pourrions alors nous baigner et flâner à notre guise, certains que personne ne viendrait troubler notre solitude. Une plage privée me tentait plus que tous les rivages à la mode, où s'étalaient des centaines de corps couverts d'huile. Les avantages de la richesse quant au grand luxe me laissaient, dans leur ensemble, assez indifférent. Je voulais... (toujours les mêmes mots : je veux, je veux...). Ma seule ambition c'était : une maison ne ressemblant à aucune autre et une femme merveilleuse...

La voix d'Ellie me ramena à la réalité.

Elle venait de suggérer que nous devrions passer à la salle de restaurant.

Dans la soirée du même jour, alors que nous nous changions pour le dîner, Ellie me demanda :

— Ne trouvez-vous pas que Greta est sympathique?

— Sans aucun doute.

— Je serais très peinée de vous voir la prendre en grippe.

— Pourquoi la prendrais-je en grippe?

— Vous paraissez la détester, si j'en dois juger par la façon dont vous la regardez, en semblant ne pas la voir, même lorsque vous lui adressez la parole.

— D'une part, elle m'intimide, d'autre part, vous parlez tout le temps.

— Nous avons tant de choses à nous raconter. Ne soyez pas jaloux, chéri. Bientôt, vous deviendrez amis. Déjà, Greta est conquise par votre gentillesse.

— Elle aura dit cela pour vous plaire.

— Oh! non, Greta ne cache jamais ses sentiments.

C'était vrai et pour m'en convaincre, je n'avais qu'à me rappeler les remarques qu'elle m'avait faites au cours de la matinée.

— Vous avez dû trouver bizarre la façon dont j'encourageais Ellie à vous épouser, alors que je ne vous connaissais même pas. Mais, j'étais tellement furieuse de la manière dont sa famille la traitait! Cette pauvre enfant n'avait jamais goûté à la moindre liberté et je suis heureuse d'avoir encouragé son désir de rebellion en lui suggérant d'acheter une maison en Angleterre, où elle pourrait se réfugier pour échapper aux critiques de son entourage, le jour où elle serait majeure.

Ellie m'avait affirmé, ravie :

— Vous devez admettre que Greta a des idées merveilleuses, auxquelles je n'aurais jamais pensé moi-même.

Qu'avait dit Lippincott à ce sujet? Miss Andersen usait d'une influence néfaste sur sa maîtresse. Je commençais à en douter. Il y avait chez Ellie une volonté que personne, pas même Greta, ne pouvait fléchir. Elle acceptait toute idée qui correspondait à ses désirs et s'était révoltée contre sa famille, non parce que Greta l'y avait poussée, mais parce qu'intimement, elle voulait rompre avec sa vie passée et voler de ses propres ailes. Depuis notre mariage, j'avais découvert qu'elle pouvait témoigner de ressources imprévues... et pourtant, elle paraissait si simple et si soumise! Le monde est bien compliqué, Greta aussi, et ma mère avec les regards apeurés qu'elle me jetait à la dérobée... toutes trois étaient différentes de l'image que les autres se faisaient d'elles.

Alors que nous achevions de déjeuner, je repensai à Lippincott et remarquai :

— J'ai été surpris de constater que Mr. Lippincott jugeait notre mariage d'un bon œil.

Greta avait ricané :

— Ce type-là est un vieux renard.

— Je sais que vous l'avez toujours détesté, protesta Ellie, mais je le trouve très gentil.

— A votre place, je ne lui accorderais aucune confiance.

— Voyons, Greta, vous exagérez.

— Je sais... Il est imprégné de respectabilité, il déborde de loyauté, mais pour moi, il est le genre d'homme qui détourne des fonds et le jour où l'on s'en aperçoit, tout le monde s'écrie : « Lui? C'est impossible. Il paraissait tellement honnête! ».

— Même s'il en avait l'intention, il lui serait impossible de me tromper car j'ai une kyrielle de banquiers et de comptables qui vérifient constamment l'état de mes affaires. Pour ma part, je verrais mieux oncle Franck se laisser aller à des actions malhonnêtes.

— Son extérieur de gangster ne parle pas

en sa faveur, j'en conviens. Il n'aurait cependant jamais le courage de se lancer dans une escroquerie spectaculaire.

J'intervins dans le débat :

— Quel est votre degré de parenté avec ce Franck, Ellie?

— Il est le mari de ma tante. Cette dernière l'a laissé tomber pour se remarier, elle est morte depuis six ou sept ans. Oncle Franck est resté parmi nous et nous le considérons comme un des nôtres.

Greta enchaîna :

— Ils sont trois à vivre ainsi sur la fortune des Guteman : Cora, Franck et Reuben. Les personnalités administratives de cette entreprise sont Andrew et Stanford Lloyd.

Complètement perdu, je questionnai :

— Quel rôle joue ce dernier?

— Un second tuteur, n'est-ce pas, Ellie? Il est chargé des placements de fonds, ce qui ne doit pas lui donner trop de travail, puisque le capital d'Ellie grossit régulièrement sans qu'il soit besoin d'intervenir. Je ne doute pas, mon cher, que vous ne les connaissiez bientôt tous. Ils vont probablement arriver cette semaine, pour voir à quoi ressemble le trouble-fête que vous êtes.

Je grognai un juron mais Ellie posa sa main sur la mienne en murmurant :

— Quelle importance, chéri? Ils ne resteront pas longtemps.

CHAPITRE XII

Cora Van Stuyvesant et Frank Barton arrivèrent la semaine suivante, mais heureusement leur première visite fut de courte durée. Comme ils étaient américains, j'eus du mal à les comprendre et leurs mœurs me déroutèrent fort. Oncle Frank se montra assez aimable, mais je fus tout de suite frappé par les poches soulignant ses yeux fuyants et son air égrillard. S'il avait un penchant pour les femmes, il veillait plus encore sur ses intérêts. Dès le premier jour, il m'intrigua en m'empruntant un peu d'argent. Cherchait-il à me mettre à l'épreuve? Dans ce cas, devais-je me montrer généreux — j'étais bien loin de l'être — ou devais-je au contraire refuser tout marché en m'attirant son ressentiment? Oh! et puis au diable, l'oncle Frank!

Cora, au contraire, m'intéressa beaucoup. Elle portait bien une quarantaine dépassée et cherchait par tous les moyens à en dissimuler les marques. Ses façons mielleuses ne me trompèrent point, lorsqu'elle déclama à l'adresse d'Ellie :

— Ne pensez plus à ces méchantes lettres rédigées dans un moment de colère, ma chérie. Vous devez comprendre que ce mariage imprévu ait pu me déconcerter. J'admets, à votre bénéfice, que c'est Greta qui vous a poussée à agir derrière notre dos.

— Ne blâmez pas Greta, Cora, elle n'a fait qu'obéir à mes ordres. Je voulais éviter des histoires...

— Très prudent de votre part. Ma chère, tous vos hommes d'affaires en étaient livides. Ils craignaient sans doute d'encourir des reproches pour n'avoir pas mieux veillé sur vous. Ils ne savaient rien de Mike et ne pouvaient se douter à quel point il est charmant.

Ce disant, elle m'adressa le plus faux sourire que j'aie jamais vu. Je devais être la personne que Mrs. Van Stuyvesant haïssait le plus au monde, et je mettais son amabilité forcée sur le compte de Lippincott qui avait dû lui donner quelques conseils dès son retour aux Etats-Unis. Il s'occupait en ce moment de la vente d'une propriété d'Ellie, dont le profit irait à Cora... à condition que cette dernière se garde de répandre des propos venimeux sur l'époux de sa belle-fille.

Personne ne parla du dernier mari de Mrs. Van Stuyvesant et j'en déduisis, d'après ce que m'avait appris Ellie à son sujet, qu'il s'était peut-être envolé avec une nouvelle conquête. Il ne laisserait pas grand-chose à sa femme, car il l'avait, paraît-il, attirée par sa virilité, faute d'un compte en banque, que sa jeunesse et son goût de l'aventure laissaient à jamais démuni.

Menant une existence excentrique qui lui coûtait fort cher, Cora ne pouvait se permettre de refuser l'offre de sa belle-fille, ce qui la poussait à me faire bonne figure, durant son séjour à Londres.

Cousin ou « oncle » Reuben n'était pas venu mais il avait écrit une lettre, apparemment gentille, dans laquelle il souhaitait beaucoup de bonheur à Ellie, bien qu'il doutât qu'elle pût se plaire en Angleterre. « Si la vie là-bas vous pèse un jour, disait-il, revenez directement aux Etats-Unis. Vous pourrez toujours compter sur le vieux Reuben pour vous y accueillir les bras ouverts. »

— Il semble être un bon type, avais-je suggéré à Ellie.

— Oui. Son ton manquait néanmoins de conviction.

— Vous sentez-vous attachée par une affection quelconque à l'un d'entre eux?

— Ma foi... non. Cela vient peut-être de ce que nul lien familial ne nous unit. Je garde un très bon souvenir de mes parents, quoique maman soit morte alors que je n'étais qu'une petite fille. Mon grand-père se disputait souvent avec Daddy auquel il reprochait son manque d'énergie pour les affaires. Il n'aimait que la pêche. Mes deux oncles me fascinaient et, dans un sens, leur vie luxueuse de garçons riches les rendait à mes yeux plus intéressants que Daddy, devenu très triste depuis la mort de maman. Je ne comprends pas ce qui l'a poussé à épouser Cora... Lorsque mon père et mes deux oncles eurent disparu, mon grand-père plaça tout son argent dans des affaires solides après qu'il en eut cependant réservé une partie pour des œuvres de charité et des hôpitaux. Il mit quelques actions au nom de Cora et de Frank, le mari de sa fille, morte, elle aussi.

— Mais le trust qu'il avait fondé devait vous revenir?

— Oui et cela le tourmentait. Il s'efforça d'arranger ses papiers pour que personne ne puisse me léser.

— En employant Andrew Lippincott et Stanford Llyod. Un homme de loi et un banquier.

— Exactement. J'ai cependant été étonnée de sa décision de me laisser hériter le jour de ma majorité et non, comme cela arrive souvent, à l'âge de vingt-cinq ans. Mais j'oubliais... que je suis une fille.

— Je ne comprends pas?

— Mon grand-père affirmait que si une fille

n'a pas acquis de bon sens à l'âge de vingt et un ans, elle n'en aura jamais, tandis qu'un garçon demande plus de temps pour mûrir. Il m'a dit qu'il me trouvait intelligente et bien que je n'aie pas beaucoup d'expérience de la vie, que je saurais toujours juger avec lucidité les personnes rencontrées sur mon chemin.

Pensif, j'avais remarqué :

— Je ne crois pas qu'il m'aurait regardé d'un bon œil.

Avec sa franchise habituelle, Ellie admit :

— Il aurait été horrifié... du moins au début. Mais il se serait vite habitué à vous.

— Pauvre Ellie...

— Pourquoi dites-vous cela?

— Vous êtes entourée de trop de gens qui dépendent de vous. Ils attendent tous quelque chose de vous sans pour cela se soucier des sentiments qui sont en vous.

— Je crois qu'oncle Andrew m'aime beaucoup. Il s'est toujours montré gentil envers moi. Les autres... vous avez raison, ils ne viennent me voir que lorsqu'ils ont besoin d'aide financière. Mais maintenant que je vais vivre en Angleterre, je ne serai plus forcée de les supporter. J'en ai fini avec eux.

En cela, elle se trompait et nous devions le découvrir bientôt.

Stanford Llyod arriva à son tour chargé d'un énorme dossier de paperasses, et la conversation qu'il eut avec Ellie au sujet de ses entreprises fut pour moi de l'algèbre. J'espérais que le bonhomme se montrait honnête, mais j'aurais été bien incapable de m'en assurer.

Son air respectable de banquier me paraissait presque trop évident pour être sincère. Il se montra extrêmement poli envers moi, bien qu'il me jugeât comme le dernier des voyous, si je devais en croire la froideur de son ton chaque fois qu'il m'adressait la parole.

Dès qu'il se fut retiré, je dansai de joie et embrassai Ellie.

— Cette fois, ils sont tous partis, n'est-ce pas?

— Vous ne les aimez pas?

— Comme vous avez dû vous sentir seule, chérie?

— C'est vrai. Chaque fois que je me faisais une compagne dans l'école snob où l'on m'avait inscrite, on punissait la pauvre fille en l'éloignant bien vite. Si j'avais rencontré une amie sincère, j'aurais peut-être eu le courage de lutter, mais ce n'est qu'au contact de Greta que j'ai voulu m'affranchir. Sa présence et son attachement pour moi m'ont sauvée de l'ennui.

En voyant son expression heureuse, je murmurai :

— Je souhaiterais... mais je me détournai, gêné.

— Que souhaiteriez-vous, Mike?

— Eh bien... je souhaiterais que vous ne

dépendiez pas tant de Greta. A mon avis, il est mauvais de se laisser trop influencer par une étrangère.

— Mike... vous ne l'aimez pas!

— Si, si! Mais, en dehors du fait que je la connais à peine, je souffre un peu de vous voir aussi attachées l'une à l'autre.

— Ne lui en veuillez pas. Elle est la seule personne qui a été bonne pour moi... avant que je vous rencontre.

— Mais à présent, je suis là et nous allons vivre heureux à tout jamais.

Je venais d'employer la phrase qui avait hanté mes rêves d'adolescent.

CHAPITRE XIII

J'essaie de vous brosser un portrait aussi exact que possible des personnes qui entrèrent dans notre vie — je devrais dire plutôt, dans ma vie, car elle occupaient déjà une place importante dans celle d'Ellie. Nous eûmes la candeur de croire qu'elles en sortiraient bien vite. Hélas! Nous ne mîmes pas longtemps à déchanter, car elles réapparurent bientôt.

Après le départ du clan Van Stuyvesant et compagnie, nous reçûmes un télégramme de Santonix nous annonçant que notre maison était terminée. Ravis, nous avons plié bagages et pris la route le lendemain matin, pour arriver au « Champ du Gitan » avant le coucher du soleil. A la vue de notre « chez nous » je fus en proie à une vive émotion, si vive qu'elle me paralysait. Ma maison... Enfin, je la possédais!

— Ça vous plaît? s'enquit Santonix en apparaissant sur le seuil.

— C'est... définitif! lançai-je. Une remarque ridicule, mais il me comprit.

— J'admets que je me suis surpassé. Les frais aussi ont dépassé la marge que je vous avais fixée, mais je crois que le résultat en valait la peine. Allez Mike, prenez votre épouse dans vos bras et passez le seuil pour vous conformer à la tradition.

Rougissant, je soulevai Ellie et m'engageai sous le porche. Ce faisant, je trébuchai. Santonix fronça les sourcils, mais ne dit rien. A l'intérieur, il me confia :

— Soyez bon pour votre femme, Mike, et veillez bien sur elle. Elle se croit assez forte pour affronter seule la vie, et elle se trompe. Elle a besoin de vous.

Surprise, Ellie questionna :

— Que pourrait-il donc m'arriver?

— Le monde est méchant et je sais que votre entourage est composé de personnes animées de sentiments hostiles. Pardonnez-moi ma franchise. Je crois les avoir bien jugés lorsqu'ils sont venus fouiner par ici.

— Ils ne nous tourmenteront plus. Ils sont tous repartis pour les Etats-Unis.

— L'avion rend les plus grandes distances bien courtes. Santonix entoura les épaules de ma femme et je remarquai à quel point ses mains étaient amaigries. Si je le pouvais, je veillerais moi-même sur vous. Malheureusement, mes jours sont comptés. Il vous faudra dépendre entièrement de Mike.

— Cessez de nous faire la morale et invitez-nous à visiter la maison, mon vieux!

— D'accord, Mike. Allons-y.

Passant d'une pièce à l'autre, nous constatâmes que tous les objets, meubles et rideaux rapportés de nos voyages, se trouvaient en place.

Ellie s'exclama :

— Nous n'avons pas encore baptisé la maison! Nous ne pourrons pas l'appeler « Les Tours », ce serait ridicule, maintenant. Quel est l'autre nom que lui a donné la Bohémienne?

— Le « Champ du Gitan ». C'est un nom dont je ne veux pas.

Santonix intervint :

— Pourtant, c'est ainsi qu'on l'appelle dans la région.

Ayant pris place sur la terrasse, les yeux tournés vers le soleil couchant, nous cherchâmes un nom digne du chef-d'œuvre créé par Santonix. Au début, nous avons fait preuve de sérieux, et puis nous nous sommes amusés à lancer des appellations dignes des cartes postales en couleurs : Terminus, Enchantement, Vue sur Mer, Belle Rive, les Pins, etc. L'air qui s'était rafraîchi nous obligea à battre en retraite et, installés au salon, nous fermâmes les portes-fenêtres tout en laissant les rideaux ouverts. Les domestiques ne devant arriver que le lendemain, nous vidâmes un panier de victuailles. Ellie remarqua :

— Les gens que nous avons pris à notre service ne se plairont peut-être pas ici. L'endroit est bien isolé.

Santonix répondit :

— Dans ce cas, vous doublerez leurs gages et ils seront contents.

— Vous croyez donc que tout le monde peut être acheté!

— Et comment!

Nous bavardâmes gaiement tout en mangeant des crevettes, un pâté en croûte et du fromage. Santonix paraissait très heureux.

Brusquement, un carreau se brisa sous le choc d'une pierre. Quelques débris de verre volèrent dans la pièce dont un se planta dans la joue d'Ellie. Nous fûmes, un instant, paralysés par la stupeur puis je me précipitai sur la terrasse et sondai, en vain, la nuit. Perplexe, je retournai auprès de ma femme dont j'essuyai la joue ensanglantée. Je tentai de la rassurer, mais mon regard inquiet croisa celui de Santonix qui était furieux.

D'une voix mal assurée, Ellie murmura :

— Pourquoi... pourquoi nous a-t-on fait ça?

— Il doit s'agir de jeunes voyous, chérie. Ils auront vu la lumière et se seront bêtement amusés à nous effrayer. Je dois dire qu'il est heureux qu'ils se soient contentés de lancer une pierre. Ils auraient très bien pu se servir d'un fusil.

— Mais dans quelle intention?

— Je ne sais pas. Le simple plaisir de détruire, j'imagine.

Elle se leva :

— J'ai peur, Mike, j'ai peur!

— Calmez-vous, chérie! J'irai me renseigner au village, demain matin. Nous ne savons encore rien de nos voisins.

— Ont-ils agi ainsi parce que je suis riche et qu'ils sont pauvres? — Elle s'adressait à Santonix, comme si lui seul pouvait deviner la raison de cet acte de vandalisme.

D'une voix grave, il répondit :

— Non... je ne pense pas que ce soit-là le motif.

— Vous croyez qu'ils nous haïssent, Mike et moi?

Ellie reprit :

— Non... c'est autre chose. Une raison que nous ignorons. Le « Champ du Gitan »... Tous ceux qui vivent ici sont détestés, persécutés. Peut-être bien qu'ils finiront par nous en chasser, nous aussi.

Je lui tendis un verre de vin tout en l'implorant :

— Ne dites pas des choses pareilles, Ellie! Cet incident est regrettable, mais il n'est que le geste d'un gamin.

— Je me le demande... — Elle me regarda

avec angoisse. — Quelqu'un essaie de nous éloigner d'ici, Mike, de la maison que nous avons bâtie, la maison que nous aimons.

— Nous ne les laisserons pas gagner la partie. Je veillerai sur vous, personne ne vous fera le moindre mal.

Elle se tourna vers Santonix.

— Vous qui étiez ici avant nous, vous devez savoir? Quelqu'un vous a-t-il dit quelque chose? A-t-on cherché à arrêter la marche des travaux?

— On s'imagine parfois des choses...

— Des accidents se sont-ils produits?

— Il s'en produit toujours lorsque l'on bâtit une maison; cependant, rassurez-vous, rien de sérieux n'est à déplorer. Il arrive souvent qu'un homme tombe d'une échelle, qu'un autre reçoive une poutre sur le pied ou s'enfonce une écharde sous l'ongle, ce qui déclenche une infection.

— Mais aucun accident... préparé n'a eu lieu sur notre propriété?

— Je vous jure que non.

— Mike... vous vous souvenez de la vieille Bohémienne que nous avons surprise dans les parages? Elle m'a paru si bizarre lorsqu'elle me conseillait de ne pas revenir ici.

— Je vous ai dit qu'elle était folle.

— Nous avons fait exactement ce qu'elle nous conseillait d'éviter : nous nous sommes installés sur le « Champ du Gitan ». — Elle frappa du pied, rageuse. — Je ne les laisserai pas m'écarter d'ici! Je ne permettrai à personne de me forcer à partir!

— Nul ne nous forcera à partir, chérie. Nous allons vivre ici, heureux.

Nous disions cela comme si nous cherchions à nous en persuader.

CHAPITRE XIV

C'est de cette façon que débuta notre vie sur le « Champ du Gitan ». N'ayant pas trouvé d'autre nom pour notre propriété, l'incident de la première soirée décida pour nous.

— Nous l'appellerons ainsi, avait décrété Ellie, juste pour leur montrer qu'à présent, ce champ est à nous et que nous nous moquons des prophéties d'une bohémienne.

Le lendemain, ma compagne redevenue gaie et active, nous décidâmes d'aller explorer Kingston Bishop et de nous familiariser avec nos voisins. Nous voulions également voir la vieille bohémienne et je souhaitais la surprendre dans son jardin, afin qu'Ellie, la voyant occupée à des travaux très prosaïques, ne lui attribue plus des pouvoirs surnaturels. Mais la maison était fermée.

Nous interrogeâmes sa voisine qui nous dit :

— Mrs. Lee disparaît de temps à autre. Elle a bien du sang de bohémien, allez! Elle ne peut jamais rester en place! A mon avis, elle n'a plus toute sa tête la pauvre! Vous venez de la nouvelle maison, n'est-ce pas? Celle qui est perchée tout en haut de la colline?

— En effet. Nous avons emménagé hier soir.

— Quelle belle bâtisse! Nous nous sommes tous rendus sur place pendant qu'on la construisait. Ça change des ruines et des arbres qui envahissaient le terrain. — Se tournant vers Ellie, elle demanda timidement : — Vous êtes américaine, à ce qu'il paraît?

— D'origine. Maintenant que j'ai épousé un Anglais, j'ai la nationalité de mon mari.

— Et vous avez l'intention de vivre là-haut toute l'année?

— Oui.

D'un ton qui manquait de conviction, elle reprit :

— Je suis sûre que vous vous y plairez.

— Pourquoi ne nous y plairions-nous pas?

— C'est un coin isolé et, généralement, les jeunes n'aiment pas vivre à l'écart, en la seule compagnie des arbres.

— Le « Champ du Gitan », murmura Ellie.

— Ah!... vous connaissez le nom que nous lui donnons? La maison en ruine s'appelait pourtant « Les Tours », bien que je n'aie jamais remarqué de tours à l'époque où elle tenait encore debout, ce qui remonte déjà à un bon bout de temps.

Ellie l'interrompit vivement :

— Je trouvais ce nom ridicule et nous avons décidé de reprendre celui qui l'a toujours désignée.

Je remarquai :

— Nous devrons en informer la poste, sinon nous ne recevrons jamais notre courrier. Quoique, après tout, ce ne serait pas pour me déplaire.

— Songez aux complications qu'il en résulterait! Nous ne pourrions même pas payer nos factures.

— Merveilleux, non?

— Vous ne penseriez pas ainsi le jour où les huissiers viendraient frapper à votre porte. De toute manière, je tiendrais à avoir des nouvelles de Greta.

— Oubliez Greta et venez contempler le paysage.

Nous prîmes congé de la villageoise et quittâmes cet aimable bourg où tout le monde respirait la bonhomie et la gentillesse. Nos domestiques, arrivés dans la matinée ne nous avaient pas caché leur manque d'enthousiasme à la perspective d'habiter le « Champ du Gitan », non pas à cause de la superstition, mais parce que nous nous trouvions vraiment isolés. Nous avions décidé de louer une voiture qui viendrait les chercher le jour où ils seraient de congé et qui les mènerait à la station estivale voisine ou à Market Chadwell. Je fis remarquer à Ellie que personne ne pouvait dire que notre maison soit hantée, puisqu'elle venait à peine d'être bâtie.

Elle approuva :

— Je sais. C'est ce qui l'entoure qui m'inquiète, la route qui serpente entre les sapins et l'endroit où Mrs. Lee est apparue pour m'effrayer...

— L'année prochaine, nous abattrons tous les arbres et les remplacerons par des massifs de rhododendrons.

Greta passa un week-end avec nous. Elle admira beaucoup la maison et nous complimenta sur notre choix de tableaux et de meubles et approuva la manière dont Santonix avait disposé le tout. Le dimanche soir, elle retourna à Londres où la rappelait son travail.

Ellie avait été heureuse de la voir et je devinai à quel point elle lui était attachée. Pour ma part, je m'étais efforcé d'afficher une attitude détendue et aimable. Je fus toutefois soulagé lorsque le taxi eut disparu en emportant l'Allemande.

Deux semaines plus tard, nous étions admis dans les cercles bourgeois de Kingston Bishop, et cela dès le jour où nous reçûmes la visite du personnage le plus respecté du pays. Il se présenta chez nous un après-midi, alors qu'Ellie et moi discutions de l'emplacement d'une plate-bande fleurie. En lisant le nom sur la carte que nous remettait notre valet, je soufflai à l'oreille de ma femme :

— C'est Dieu le Père!

Devant sa mine stupéfaite, je lui expliquai que le major Phillpot jouissait d'une considération exceptionnelle dans le coin.

Avec son poil grisonnant, sa petite moustache, son air avenant et ses vêtements fatigués, le visiteur qui nous attendait au salon devait avoir la soixantaine. Il s'excusa de l'absence de sa femme qui, à moitié impotente, ne pouvait guère sortir. Nous prîmes le thé ensemble et sa conversation, bien que dénuée de toute originalité, se révéla agréable. Il donna quelques conseils à Ellie sur les plantes qui réussissent le mieux dans la région, puis nous parlâmes courses. Il découvrit que, bien que n'appréciant pas les plaisirs du turf, Ellie adorait monter à cheval. Il lui indiqua, si elle se décidait à acheter une pouliche, un sentier menant à la lande où elle pourrait faire galoper sa monture en toute liberté. Ensuite, nous bavardâmes au sujet de la maison. Le major déclara :

— J'imagine que vous connaissez déjà le nom que portait la propriété et les superstitions qui s'y rattachent?

— Ces superstitions sont nombreuses et je dois confesser que c'est Mrs. Lee qui a éveillé notre curiosité à leur sujet.

— Pauvre vieille Esther. Vous aurait-elle importunés?

— Elle est un peu folle, il me semble?

— Moins qu'elle n'en a l'air. Je m'occupe d'elle, mais elle ne me manifeste jamais la moindre reconnaissance. Elle est parfois bien embêtante.

— Parce qu'elle prédit l'avenir?

— Oh! ça... Vous aurait-elle proposé ses services?

Ellie intervint :

— Oui, et je préciserai qu'elle nous a mis en garde contre l'avenir, au cas où nous nous entêterions à demeurer sur le « Champ du Gitan ».

— Vous me surprenez! Habituellement, elle se contente de prophétiser des événements favorables. Une bande de romanichels campa sur votre propriété lorsque j'étais écolier, et j'ai souvent eu l'occasion de goûter à leurs ragoûts. Ma famille, d'autre part, doit beaucoup à Mrs. Lee, puisque vers la même époque elle tira mon jeune frère d'une pièce d'eau sur laquelle il patinait et dont la glace se rompit sous son poids.

Un mouvement maladroit me fit heurter un verre qui tomba en se brisant. Le major m'aida à chercher les morceaux, tandis que ma femme remarquait :

— Ce que vous venez de nous raconter démontre que Mrs. Lee n'est pas une méchante créature, et j'ai eu tort de la craindre.

— Vous aurait-elle effrayée?

Je répondis à la place d'Ellie.

— Elle a presque proféré des menaces et le soir de notre installation, il s'est produit un fait qui nous incite à prendre les avertissements de Mrs. Lee au sérieux.

Je lui racontai l'histoire de la pierre lancée dans la fenêtre, ce qui consterna le brave homme.

— Nous ne comptons pas beaucoup de voyous dans le pays. Je suis vraiment navré que vous ayez subi une telle vexation, madame.

— Je me suis vite remise de cette émotion, mais un autre incident s'est produit peu après. Mike, racontez-le pour moi.

J'informai donc le major qu'un matin, nous avions trouvé devant notre porte un oiseau, percé d'un couteau et un chiffon de papier sur lequel nous avions déchiffré ces mots tracés d'une écriture grossière : « *Si vous connaissez votre intérêt, partez vite d'ici.* »

— Et vous n'en avez pas informé la police?

— Si nous avions agi de la sorte, nous risquions de nous attirer la colère du plaisantin.

— Il faut éclaircir cette affaire au plus vite, sinon elle pourrait avoir des suites fâcheuses. C'est plus qu'une plaisanterie, à mon sens, et il ne saurait s'agir d'une vengeance personnelle, puisque personne ne vous connaît par ici.

— Evidemment, il reste que nous sommes étrangers à la région.

— Permettez-moi de procéder à une petite enquête.

Il se leva pour prendre congé et jeta un coup d'œil autour de lui.

— J'aime beaucoup votre maison, bien que je préfère le style traditionnel, par habitude. L'architecte que vous avez employé a certainement de hautes qualités.

Je lui parlai de Santonix. Il déclara avoir remarqué certains de ses travaux dans « Maisons et Jardins ». Sur le point de partir, il nous proposa de fixer une date pour aller déjeuner chez lui.

— Vous me direz alors, à votre tour, ce que vous pensez de ma maison.

— Est-elle ancienne?

— Elle date de 1720, une belle époque! La bâtisse originale qui avait été construite cent ans plus tôt a disparu dans un incendie, et l'actuelle repose sur les mêmes fondations que la précédente.

— Votre famille a toujours habité la région?

— Toujours. Les bouleversements économiques nous ont parfois forcés à vendre des parcelles de nos terres, que nous rachetions dès que la situation se stabilisait à nouveau.

Je serais heureux de vous montrer mon domaine un de ces jours.

Un épagneul attendait le major dans sa voiture à la carrosserie écaillée. Pourtant, malgré son vêtement râpé et sa vieille guimbarde, je n'avais aucun mal à comprendre le respect qu'inspirait Phillpot. Nous lui avions plu, surtout Ellie. En ce qui me concernait, j'avais surpris à plusieurs reprises son regard inquisiteur posé sur moi.

Regagnant le salon après avoir raccompagné notre visiteur, je trouvai Ellie occupée à placer les derniers morceaux de verre brisé dans la corbeille à papiers. A mon arrivée, elle annonça tristement :

— Je regrette que ce cristal soit brisé, il me plaisait.

— Il nous sera facile de le remplacer.

— Je sais. Qu'est-ce qui vous a rendu si maladroit, Mike?

Je réfléchis un moment.

— Une remarque de Phillpot qui m'a rappelé un incident survenu dans mon école. J'étais allé patiner sur un lac gelé avec un camarade et avant que je n'aie pu intervenir, la glace s'est rompue sous son pied et il s'est noyé.

— C'est affreux!

— J'avais complètement oublié cet accident, jusqu'au moment où Phillpot nous relata celui dont son frère fut sauvé.

— Le major m'est très sympathique. Que pensez-vous de lui?

— Il est sans aucun doute un brave homme.

Au début de la semaine suivante, nous nous rendîmes chez les Phillpot. L'extérieur de leur maison, de style très ancien, ne me plut pas du tout. Il est vrai que seule l'architecture moderne m'intéresse. Cependant, l'intérieur, bien que dépourvu de luxe, était confortable. Les murs de la longue salle à manger disparaissaient sous une rangée de portraits. Les ancêtres de la famille sans doute. Certains avaient beaucoup d'allure, bien qu'un expert eût pris grand plaisir à les nettoyer. Je m'arrêtai devant un visage de jeune fille blonde, et mon expression fascinée amena un sourire sur les lèvres de notre hôte.

— Vous avez du goût. C'est là un très bon Gainsborough, quoique le modèle ait joui d'une réputation assez troublante. Elle fut soupçonnée d'avoir empoisonné son mari, Gervase Phillpot, qui l'avait ramenée d'un de ses voyages. Sa qualité d'étrangère ne disposa guère les juges en sa faveur.

Quelques voisins avaient été invités en même temps que nous : le docteur Shaw, un sexagénaire aux manières affables — il dut se retirer avant la fin du repas, appelé au chevet d'un malade —, le « vicaire » enthousiaste, sympathique et une dame sans âge, à la voix de ténor, qui nous apprit qu'elle élevait des

« corgis ». Il y avait aussi une belle jeune femme, Claudia Hardcastle qui ne s'intéressait qu'aux chevaux. Avec Ellie, elles parlèrent équitation et se découvrirent la même allergie, une sorte de rhume des foins, qui les prenait chaque fois qu'elles approchaient d'un animal.

J'entendis ma femme confier à sa nouvelle amie :

— Un médecin américain m'a récemment donné des pilules orange, qui combattent à merveille cette indisposition. Il faut absolument que vous les essayiez. J'en prends une avant de monter à cheval et je n'éprouve pas le moindre malaise.

Je me trouvai placé auprès de notre hôtesse qui se plaignait de sa santé, tout en mangeant de bon appétit. Avec l'éleveuse de corgis — dont j'ai oublié le nom — elles se relayèrent pour me poser des questions sur mon existence antérieure. J'avais assez roulé ma bosse pour détourner habilement leur intérêt d'un sujet sur lequel je n'avais pas l'intention de les renseigner.

La réunion fut agréable, bien qu'un peu monotone. Plus tard, alors que nous visitions le jardin et que je suivais seul une allée, Claudia Hardcastle me rejoignit pour m'annoncer :

— Mon frère m'a parlé de vous.

— Etes-vous sûre qu'il s'agissait de moi?

— Oui, car c'est lui qui a construit votre maison.

— Santonix est votre frère!

— Demi-frère. Nous nous voyons très peu. Je me tiens au courant de ses succès, dans les magazines.

— Il est merveilleux.

— Beaucoup le pensent, en effet.

— Pas vous?...

— Je ne sais pas. Il y a en lui deux aspects contradictoires. A une certaine époque, personne ne voulait en entendre parler, et brusquement ses affaires se sont arrangées. Il est très connu, maintenant.

— Avez-vous vu notre maison?

— Pas depuis qu'elle est terminée.

— Nous serions heureux de vous la faire visiter.

— Je vous préviens qu'elle ne me plaira pas. Les maisons modernes me laissent indifférente; et mon époque préférée est celle de la reine Anne. Votre femme et moi, nous nous verrons souvent. Je me propose de la faire inscrire au club de golf et nous irons chevaucher ensemble. Elle m'a dit vouloir acheter un cheval.

Le major s'avança vers nous et me proposa de jeter un coup d'œil sur son écurie. Une fois seuls, il me confia :

— Claudia est une bonne cavalière. Dommage qu'elle ait gâché sa vie.

— Comment cela?

— Elle avait épousé un Américain du nom de Lloyd, extrêmement riche et beaucoup plus âgé qu'elle. Ils ont divorcé très vite. Depuis, elle en veut à tous les hommes et vit en recluse. Je ne crois pas qu'elle se remarie jamais.

Nous prîmes bientôt congé de nos hôtes. Sur la route du retour, Ellie résuma :

— Des gens ennuyeux, mais charmants. Nous allons être heureux ici, n'est-ce pas, Mike?

— Bien sûr, chérie.

Je la déposai devant le perron et allai ranger la voiture dans le garage. En revenant vers la maison, je perçus quelques notes de musique. Ellie s'accompagnait sur sa vieille guitare espagnole, tout en fredonnant d'une voix douce et plaintive, quelque ballade écossaise ou irlandaise dont je n'avais jamais entendu parler.

Je contournai silencieusement le bâtiment et m'arrêtai sur le seuil du salon dont la porte-fenêtre était entrouverte.

Ellie chantait maintenant une de mes complaintes préférées. J'en ignorais le titre, mais elle me remuait profondément :

« *Man was made for Joy and Woe*
« *And when this we rightly know*
« *Thro' the World we safely go...*
« *Every Night and every Morn*

« *Some to Misery are born*
« *Every Morn and every Night*
« *Some are born to Sweet Delight*
« *Some are born to Endless Nigth...* (1)

Elle leva la tête et m'aperçut :

— Pourquoi me regardez-vous ainsi, Mike?

— Comment est-ce que je vous regarde?

— Comme si vous m'aimiez...

— Mais je vous aime, chérie! De quelle autre manière devrais-je donc vous regarder?

— A quoi pensiez-vous exactement en me contemplant ainsi?

— Je me rappelais le moment où je vous aperçus pour la première fois... à l'ombre d'un sapin.

C'était vrai. Son apparition, ce jour-là m'avait causé une émotion profonde.

Elle me sourit et fredonna à nouveau le refrain de la complainte :

« *Every Morn and every Night*
« *Some are born to Sweet Delight*
« *Some are born to Sweet Delight*
« *Some are born to Endless Night.*

(1) *L'homme a été créé pour la joie et pour la peine*
Et quand il a compris cela
Il peut faire son chemin à travers le monde sans la moindre [*inquiétude.*
Chaque nuit et chaque matin
Naissent des gens voués à la misère
Chaque nuit et chaque matin naissent des gens voués au [*bonheur*
Certains ouvrent les yeux sur une nuit sans fin.

On ne prend conscience des moments importants dans la vie que lorsqu'il est trop tard. Ce soir-là, après notre visite aux Phillpot et alors que nous nous retrouvions chez nous nous vivions un de ces moments. Je ne devais m'en rendre compte que longtemps après.

— Chantez-moi la chanson de la mouche, Ellie.

Elle accorda l'instrument et entonna sur quelques notes gaies :

« *Little Fly* (1)
« *Thy Summer's play*
« *My thoughtless hand*
« *Has brushed away*
« *Am not I*
« *A fly like thee?*
« *Or art not thou*
« *A man like me?*
« *For I dance*
« *And drink, ans sing*
« *Till some blind hand*
« *Shall brush my wing.*

(1) *Petite mouche, ma main distraite a balayé tes jeux de l'été.*
Mais ne suis-je pas comme toi une mouche?
Ou n'es-tu pas un homme, comme moi?
Je danse, bois et chante jusqu'au moment où une main aveugle [*balaie mon aile.*

CHAPITRE XV

C'est étrange, mais dans la vie, les plans que nous échafaudons ne se déroulent jamais comme prévu. Ellie et moi avions notre maison, nous vivions à l'écart — du moins le pensions-nous — et brusquement la solitude à laquelle nous avions tant aspiré, se trouva bouleversée. Pour commencer, la maudite belle-mère de ma femme se manifesta en nous bombardant de lettres, télégrammes et messagers. Notre maison lui avait — paraît-il — tellement plu qu'elle venait de se décider à en acheter une avec l'intention de passer deux mois de l'année en Angleterre. Pour couronner le tout, elle se présenta en personne et il fallut la promener à travers la campagne, à la recherche d'un cottage typiquement anglais. Complètement démoralisés, nous la vîmes fixer son choix sur une demeure située à quinze miles seulement de chez nous. Naturellement nous ne voulions pas d'elle dans le voisinage, mais comment le lui faire comprendre? Ellie ne pouvait le lui déclarer franchement, et même si elle s'y était décidée, Cora n'en aurait tenu aucun compte. Alors que nous attendions le rapport du cadastre, une nouvelle avalanche de télégrammes nous tomba dessus. Cette fois, il s'agissait de l'oncle Frank qui se trouvait une fois de plus dans le pétrin. A nous de l'en tirer — en payant, bien entendu. Ellie donna quelques instructions à Mr. Lippincott et l'affaire s'arrêta là. Nous n'en avions cependant pas terminé avec eux. Bientôt nous eûmes vent d'une mésentente entre les deux hommes d'affaires. Lippincott télégraphia qu'il arrivait pour s'expliquer, Llyod fit de même. J'avais cru, naïf, que les Etats-Unis se situaient loin de l'Angleterre. Il me fallut déchanter : dans le monde d'Ellie, on s'offre l'aller et retour entre New York et Londres sans la moindre hésitation.

Ellie se rendit seule à Londres pour rencontrer ses deux représentants. Je ne l'accompagnai pas, parce que je ne comprenais rien aux affaires, et aussi parce que ce malentendu devait — paraît-il — garder un caractère secret. Ma femme m'apprit néanmoins que Lippincott reculait — elle ne savait pourquoi — la vente d'une de ses propriétés, à moins que ce ne fût Lloyd qui refusât d'ouvrir ses livres de comptes.

Nous avons profité d'un moment d'accalmie,

au milieu de tous ces ennuis, pour explorer notre « Folie ». La propriété étant très vaste, nous en visitions les coins et les recoins par étapes. Un jour, suivant un petit sentier à demi-enseveli sous les herbes folles, nous aboutîmes à une clairière au milieu de laquelle se dressait une sorte de temple de style rococo. Comme il était en bon état, nous décidâmes de l'aménager. Nous y avons apporté une table, quelques chaises et un divan, ainsi qu'une armoire pour y ranger des tasses, des verres et des bouteilles... Ellie voulait que le sentier fût nettoyé, mais je suggérai de le laisser tel qu'il se présentait, afin que personne ne puisse découvrir notre repaire. Elle jugea cette idée romantique et l'adopta.

A quelque temps de là, alors que nous revenions de notre « Folie », toute la famille repartie, nous jouissions enfin d'un calme reposant. Ellie trébucha sur une racine et je dus la porter jusqu'à la maison, son pied la faisant horriblement souffrir.

J'appelai le docteur Shaw qui diagnostiqua une entorse et ordonna une semaine d'immobilisation. Après son départ, Ellie décida d'écrire à Greta pour lui demander de venir. Qu'aurais-je pu objecter? Nos domestiques ne pouvaient veiller sur la blessée, et un tête-à-tête forcé avec moi l'aurait peut-être ennuyée. Elle souhaita la présence de Greta, et Greta vint.

Je dois admettre que l'Allemande se rendit très utile, soignant Ellie comme sa propre sœur, donnant des ordres aux servantes, veillant à la marche de la maison. Notre valet et sa femme nous quittèrent sous prétexte que l'endroit leur donnait la chair de poule, mais je crois que la vraie raison tenait à ce que Cora leur avait récemment rendu la vie impossible. Greta mit aussitôt une annonce dans le journal local et trouva un nouveau couple sans difficulté.

Les deux amies riaient, s'entendaient à merveille. Greta allait quérir toutes sortes de choses susceptibles de plaire à la blessée, de ces frivolités que les femmes apprécient tant et auxquelles je ne m'entendais absolument pas.

Au bout d'une semaine, Ellie me demanda à brûle-pourpoint :

— Cela vous ennuierait que Greta restât encore un peu?

Que pouvais-je répondre, sinon que je n'y voyais aucun inconvénient?

— Je suis tellement heureuse de l'avoir ici, Mike. Ensemble, nous discutons de toutes sortes de choses et je dois avouer que sans une présence féminine à mes côtés, je me sentirais un peu isolée.

Chaque jour, Greta occupait une plus grande place dans notre foyer, et cela en vint à un tel point que nous ne pouvions plus nous passer d'elle. J'essayai de lui faire bon visage, mais un jour, alors qu'Ellie se reposait dans le salon, et que nous prenions, l'Allemande et moi, l'air sur la terrasse, je ne pus me contenir plus longtemps et laissai exploser toute la rancœur qui grondait en moi. Greta ne se démonta pas pour si peu et me lança quelques remarques acerbes. Le ton de notre discussion monta et, alors que je l'avertissais que je ne laisserai pas ma femme subir sa domination, Ellie arriva en clopinant, le visage bouleversé. Je courus vers elle, la portai sur un sofa et tentai de m'excuser. Affolée, elle murmura :

— Je n'aurais jamais pensé que vous la détestiez à ce point, Mike.

Je la cajolai, m'accusai de méchanceté, expliquai que si Greta était autoritaire, cela tenait sans doute au fait qu'elle avait souvent dû assumer de lourdes responsabilités, et que la scène à laquelle je m'étais laissé aller devait être mise au compte de tous les soucis que nous avions eus dernièrement, et qui avaient mis mes nerfs à rude épreuve. Pour conclure, je me trouvai dans une position ridicule et je dus presque prier Greta de rester avec nous.

Cette scène sur la terrasse avait, malheureusement, dû être entendue de nos domestiques, mais qu'y faire? Lorsque je suis en colère, je crie, et ce jour-là, j'y étais allé de bon cœur.

La santé d'Ellie semblait être le souci majeur de son amie, qui me confia un jour :

— Ellie devrait se ménager. Elle n'est pas forte.

— Ellie n'a rien du tout. D'ailleurs, elle a toujours été en pleine forme.

— Non, Mike. Elle est très délicate.

Lorsque le docteur Shaw vint examiner la cheville de la blessée qui s'était complètement remise, je crus bon de lui demander timidement :

— Trouvez-vous ma femme délicate, docteur?

— Délicate? Je n'ai pas remarqué. Tout le monde peut se fouler la cheville, que je sache, sans pour cela être de constitution fragile.

— Je voulais parler de son état général.

Il m'observa par-dessus ses lunettes.

— N'allez pas imaginer des bêtises, jeune homme. Qui diable vous a mis cette idée en tête? Vous ne me semblez pourtant pas porté à vous tourmenter sur ce sujet.

— Je me base sur l'avis de Miss Andersen.

— Miss Andersen? Est-elle qualifiée pour donner son avis dans ce domaine?

— Pas que je sache.

— Si j'en crois les ragots du pays, votre femme est riche... il est vrai qu'aux yeux de beaucoup, tous les Américains sont riches.

— Elle est riche, mais je ne vois pas...

— Eh bien! les femmes riches ont souvent la manie de consulter plusieurs docteurs, qui leur administrent toutes sortes de pilules et médecines. A mon avis, elles en souffrent généralement plus qu'elles n'en profitent. Les paysannes jouissent d'une meilleure santé que ces femmes-là, car elles n'ont pas le temps de s'interroger sur leurs maux.

— Je crois savoir, en effet, que ma femme prend certains remèdes.

— Si vous le désirez, je vais l'examiner. Mieux vaut que nous découvrions tout de suite avec quel produit chimique elle s'intoxique et essayer de l'en débarrasser.

Il retourna auprès d'Ellie et, sa consultation terminée, il s'en fut rejoindre Greta.

— Mr. Rogers m'a prié d'ausculter Mrs. Rogers. Je ne lui trouve rien. Après son immobilisation, elle devrait sortir au grand air, cela lui redonnerait des couleurs. Savez-vous quels médicaments elle a l'habitude de prendre?

— Un remontant lorsqu'elle se sent lasse et des somnifères.

Sous l'œil amusé de son amie, elle montra les ordonnances au médecin qui demanda :

— Avez-vous du mal à trouver le sommeil, Mrs. Rogers?

— Pas depuis que nous sommes à la campagne. La seule chose que je conserve est mon tube de comprimés qui m'aide à lutter contre une allergie.

— Bon. Vous n'avez rien, ma chère. Peut-être vous faites-vous du souci par moments, mais cela passera.

Après son départ, je m'excusai :

— Je suis stupide de m'inquiéter ainsi, chérie, mais c'est Greta qui m'a mis cette idée en tête.

— Greta me couve, comme une mère poule ses poussins. De son côté, elle ne se soigne jamais. Venez, nous allons jeter toutes ces potions inutiles.

Le lendemain, Claudia Hardcastle proposa à Ellie une promenade à cheval. Je refusai de les accompagner, car bien que j'eusse eu l'occasion de travailler dans une écurie irlandaise, quelques années plus tôt, je ne savais pas me tenir correctement en selle. Je me proposais d'aller prendre des leçons dans un club de Londres, afin d'échapper aux critiques malveillantes de nos voisins. Greta non plus ne montait pas à cheval, mais à partir de ce jour, elle encouragea Ellie à monter plus souvent.

Claudia emmena sa nouvelle amie à une vente où elle lui choisit un alezan du nom de Conquer, une belle bête un peu trop jeune à mon goût. Je conseillai à Ellie d'être prudente en le montant, mais elle se contenta de rire. Elle vivait au contact des chevaux depuis l'âge de trois ans.

Bientôt, elle prit l'habitude de chevaucher trois fois par semaine et ces jours-là, Greta en profitait pour prendre la voiture et aller faire des courses à Market Chadwell.

Un matin, alors que nous déjeunions, Greta s'exclama :

— Vous et vos bohémiens! Sur le chemin du retour, j'ai dû arrêter la voiture à mi-hauteur de la côte, car une vieille sorcière s'était plantée au milieu de la chaussée et me barrait le passage.

— Que voulait-elle?

Ellie, devenue soudain très pâle, nous écouta sans rien dire.

— Elle a eu le culot de me menacer.

— Mais pourquoi?

— Ça je l'ignore! Elle a crié que le terrain appartenait aux nomades et que si nous ne le quittions pas, notre vie serait en danger. Après ça, elle m'a montré le poing et m'a menacée de me jeter un mauvais sort pour que je sois malheureuse ma vie durant. Il paraîtrait que cette propriété ne devrait abriter que des tentes de nomades.

Une fois seule, Ellie me demanda :

— Avez-vous cru ce que Greta racontait au déjeuner?

— A mon avis, elle a inventé une partie de l'histoire.

— Pourtant, elle n'a aucune raison d'agir ainsi et d'autre part...

— Eh bien?

— Oh! rien.

— Vous n'auriez pas vu notre Esther, par hasard?

— La bohémienne? N... non...

— En êtes-vous certaine?

— Il me semble l'avoir aperçue alors que je chevauchais, mais elle s'est dissimulée derrière un arbre à mon approche.

Le lendemain, Ellie revint d'une de ses randonnées avec un visage tourmenté. La vieille femme avait surgi devant elle effrayant sa monture et la menaçant tout comme elle l'avait fait pour Greta, ajoutant :

— Je vous ai déjà avertie une fois et celle-ci est la dernière. Je vois la mort derrière votre épaule gauche et elle vous surprendra d'ici peu. Ce cheval a une basane blanche. Ne savez-vous pas que c'est là un mauvais signe? Je vois la mort et votre grande maison en ruine.

Furieux et inquiet de la consternation de mes compagnes, je me rendis au village chez Mrs. Lee dont la demeure aux volets fermés me confirma son absence. Je décidai de pousser jusqu'au commissariat où je demandai à voir le sergent Keene auquel je racontai toute l'histoire.

M'ayant écouté, il remarqua, peu impressionné :

— Mrs. Lee est très âgée et bien que nous la jugions un peu originale, elle ne nous a donné jusqu'ici, aucun souci. Néanmoins, je vous promets de lui ordonner de cesser de vous importuner.

— Je vous en remercie.

— Pardonnez-moi, Mr. Roger, mais, soupçonneriez-vous quelqu'un dans la région de vous en vouloir, à vous ou à votre femme, pour une raison quelconque?

— Absolument pas. Pourquoi?

— J'ai appris que Mrs. Lee dépensait beaucoup d'argent ces temps derniers, et je me demande d'où lui vient cet argent.

— Que voulez-vous dire?

— Il se pourrait que quelqu'un la payât pour vous éloigner d'ici. Je me souviens que le même incident s'est produit il y a plusieurs années. Il s'agissait alors de voisins ennemis. Nous avons réussi à raisonner la bohémienne qui nous promit de ne jamais recommencer. Je dois vous confier, Mr. Rogers, que les gens de nos campagnes sont très superstitieux et prêts à croire au pouvoir des gitans qui, naturellement, en profitent pour se remplir les poches à leurs dépens. Peut-être Mrs. Lee recommence-t-elle à jouer les sorcières. Elle aime beaucoup l'argent...

— Mais voyons, nous sommes des nouveaux venus dans la région et n'avons certainement pas eu le temps de nous faire des ennemis!

Le commissaire en convint et m'assura qu'il interrogerait la bohémienne. Je regagnai la maison à pied, désirant réfléchir. La nuit tombait lorsque j'approchai du perron. J'entendis Ellie jouer de la guitare et m'arrêtai un moment pour l'écouter. Soudain, une forme jaillit de derrière un arbre. Pensant qu'il s'agissait de Mrs. Lee, je me raidis mais je constatai bien vite mon erreur. Santonix sortait de l'ombre.

— Oh!... c'est vous! D'où venez-vous? Nous n'avons pas eu de vos nouvelles depuis une éternité.

Il me prit silencieusement le bras et me guida à l'écart de la maison.

— Ainsi, elle est ici! Cela ne me surprend pas beaucoup. Je me doutais bien qu'elle se glisserait chez vous tôt ou tard. Pourquoi l'avez-vous laissé venir? Vous savez bien qu'elle est dangereuse.

— Vous parlez de Greta?

— Naturellement. Ignorez-vous donc quel genre de femme elle est? Elle s'est installée et vous ne vous débarrasserez plus d'elle.

— Ellie l'a appelée lorsqu'elle s'est foulé la cheville. J'imagine qu'elle repartira bientôt.

— Quelle naïveté! Cette fille a toujours eu l'intention de se fixer ici. Je l'ai tout de suite compris lorsqu'elle est venue voir où en étaient les travaux.

— Ellie semble aimer sa compagnie.

— Parce qu'il y a longtemps qu'elles sont ensemble. Greta a appris à gouverner votre femme.

Lippincott avait dit la même chose, et moi-même, je commençais à l'admettre, après l'avoir craint.

— Souhaitez-vous la voir rester, Mike?

— Bien sûr que non, mais que puis-je faire? Pas possible de la jeter dehors! Ellie ne le permettrait pas.

— Peut-être ne pouvez-vous rien, en effet. Il me regarda pensivement et ajouta : savez-vous bien où vous allez, Mike? Parfois je me dis que vous ne comprenez pas grand-chose.

— Je réalise ce que j'ai toujours eu le désir d'accomplir et je sais parfaitement où j'espère arriver.

— En êtes-vous certain? Vous me donnez l'impression de ne pas savoir ce que vous voulez exactement. J'ai peur pour vous à cause de Greta, qui elle, sait ce qu'elle veut.

— Je me moque de sa volonté! C'est la mienne qui compte!

— Pourtant, elle réussit toujours à s'imposer. Vous ne souhaitiez pas sa présence, ici, cependant elle se trouve installée chez vous. Je les ai observées, elle et Ellie. Elles s'entendent à merveille. Quelle place tenez-vous donc dans la maison? Vous êtes l'étranger, Mike.

— Vous divaguez! Enfin... Vous n'ignorez pas que je suis le mari d'Ellie.

— Etes-vous le mari d'Ellie ou est-ce Ellie qui est votre femme?

— Quelle différence?

Il soupira et ses épaules s'affaissèrent. Il observa tristement :

— Je n'arrive pas à me faire comprendre de

vous. Par moments, je me dis que la situation vous apparaît clairement et à d'autres, je me demande si vous savez quoi que ce soit sur vous-même et sur votre entourage?

— Ecoutez, Santonix, vous êtes un excellent architecte, mais...

— Je sais, je sais, mon vieux... Cette maison qui vous appartient est telle que vous la rêviez. Ellie la voulait aussi pour y vivre heureuse avec vous. Un bon conseil, Mike, renvoyez cette étrangère avant qu'elle n'ait eu le temps de tout gâcher.

— Mais comment m'y prendrais-je? Ellie ne tient pas du tout à se séparer d'elle.

— Greta vous transforme en importun, en trouble-fête.

— Oh!... ne croyez pas que je la porte dans mon cœur. Nous avons eu dernièrement une discussion orageuse et Ellie m'en a beaucoup voulu. L'éloigner d'ici ne sera pas aussi simple que vous vous le figurez.

— Je l'admets.

— Celui qui a nommé cet endroit le « Champ du Gitan », et jeté la malédiction qui y plane aura peut-être raison de nous, après tout. Des bohémiennes surgissent de derrière les arbres, nous montrent le poing et jurent que si nous ne quittons pas les lieux, un sort affreux s'abattra sur nous. Ce site qui devrait être attrayant et si paisible...

J'avais l'impression de répéter les paroles d'un autre.

— Comment le serait-il si un pouvoir nuisible le domine?

— Vous ne croyez quand même pas à ces balivernes?

— Je crois à bien des bizarreries. Je suis très averti sur le mal. N'avez-vous jamais remarqué que j'étais moi-même un peu possédé par le mal? Cela me donne le pouvoir de le reconnaître lorsqu'il se trouve près de moi, même si je ne devine pas exactement où il loge... Je veux que cette maison que j'ai construite soit purgée du mal. C'est important pour moi!

Il se calma brusquement et enchaîna d'un ton badin :

— Cessons de raconter des bêtises et allons auprès de votre femme.

Ellie fut ravie de voir l'architecte et nous passâmes une très bonne soirée. Notre hôte se montra charmant envers Greta, donnant l'impression qu'il l'admirait, mais moi qui connaissais le fond de sa pensée, je trouvais qu'il réussissait à déguiser ses sentiments à merveille. Greta, toujours sensible aux compliments, m'apparut, ce soir-là, plus belle que jamais.

Ellie demanda à Santonix s'il resterait quelques jours parmi nous. Il répondit qu'il devait repartir le lendemain même.

— Construisez-vous une nouvelle maison?

— Non, je sors juste de l'hôpital. On vient de me faire une nouvelle transfusion et je crois bien que c'est la dernière. Voyant Ellie frémir, il se hâta d'ajouter : — Ne craignez rien, ma chère, vous ne vivrez jamais une pareille expérience.

— Pourquoi devez-vous subir ce traitement? C'est cruel?

— Non... ce n'est pas cruel. J'ai entendu ce que vous chantiez lorsque je suis arrivé : « L'homme a été créé pour la Joie et la Peine ». Et lorsque nous le comprenons, nous pouvons aller sans crainte à travers le monde. Je vais sans crainte, car je sais pourquoi j'existe. Vous chantiez encore : « Chaque Matin et Chaque Nuit, il y en a qui naissent pour vivre heureux. » C'est votre cas, Ellie.

— Je souhaiterais me sentir en sécurité.

— Que redoutez-vous?

— Je n'aime pas que l'on me menace et qu'un mauvais sort pèse sur moi.

— Vous faites allusion à votre bohémienne?

— Oui.

— Oubliez-la... pour ce soir, du moins. Soyons heureux! Ellie, je bois à votre bonheur, pour moi à une fin rapide et douce... Mike, bonne chance... — il s'arrêta, à demi tourné vers Greta.

— Et pour moi? questionna-t-elle.

— Pour vous... ce que vous réserve l'avenir! Le succès, peut-être?

Il prononça ces quelques mots avec une légère ironie.

Le lendemain, Santonix nous quitta de bonne heure et après son départ, Ellie remarqua pensivement :

— Quel homme étrange... Je ne l'ai jamais compris.

— J'éprouve souvent la même impression à son égard.

— Il sait des tas de choses.

— Sur l'avenir?

— Non. Il devine ce qui se passe en nous. Il a découvert un jour qu'il connaît les autres, mieux qu'ils ne se connaissent eux-mêmes. Je crois qu'il les déteste pour cette raison. Parfois, il les plaint... Pourtant, il ne me plaint pas, moi.

— Pourquoi le ferait-il?

— Oh! parce... Elle haussa les épaules.

CHAPITRE XVI

Le lendemain après-midi, j'avançais à grandes enjambées dans un sentier couvert le plus sombre de tous et j'avais hâte d'en sortir lorsque je remarquai une femme qui errait à travers les fourrés. Pensant avoir affaire à notre bohémienne, je pressai le pas, mais sa taille élevée, sa maigreur, m'étaient trop familières pour que l'illusion durât longtemps... ma mère!

J'allai vers elle, surpris.

— Mummy! Savez-vous que vous m'avez effrayé? Comment êtes-vous ici?... Auriez-vous enfin décidé de venir nous voir? Nous vous en avons assez prié!

Ce n'était pas tout à fait exact. Je lui avais écrit une fois pour l'inviter, mais en mettant le moins de chaleur possible dans ma lettre. Je ne tenais pas à ce qu'elle se présentât chez nous.

— C'est vrai, Mike, je suis venue vous voir

afin de me rendre compte si tout va bien. ainsi, voilà la maison que vous vous êtes fait construire! Elle contempla la bâtisse qui se distinguait entre les arbres. Elle est bien trop importante.

— Trop importante pour moi, hein?

— Vous n'étiez pas né pour un cadre pareil et je crains que rien de bon n'en puisse résulter.

— A vous écouter, personne ne tenterait de s'élever.

— L'ambition est dangereuse. C'est bien connu.

— Cessez donc de divaguer. Allons contempler ma maison, trop importante pour moi, et jouez les dédaigneuses tant qu'il vous plaira, mais lorsque je vous présenterai à ma femme, je vous prie de ne pas vous montrer insolente...

— Votre femme? Je la connais.

— Quoi?

— Elle ne vous a donc pas parlé de la visite qu'elle m'a faite?

— Mais... quand?

— Il n'y a pas très longtemps. Un jour, elle est arrivée et est restée plantée à la porte sans un mot. Je l'ai trouvée jolie et très simple, en dépit de ses vêtements coûteux. Elle m'a dit : « Je tenais à vous rencontrer, Mrs. Rogers. J'estime qu'il n'est pas juste que la mère de mon mari demeure pour moi une inconnue. »
— Je lui ai répondu que je vous connaissais

assez pour comprendre que vous ne souhaitiez pas nous voir ensemble. « — Pourquoi? » « — Vous croyez qu'il a honte de votre pauvreté parce que je suis riche? Non, Mike n'est pas ainsi, Mrs. Rogers. » « — Je ne l'ignore pas. Je lui ai expliqué que vous aviez tout simplement peur de moi, car je sais trop de choses sur vous. Ma remarque parut l'amuser et elle observa : « La plupart des mères affirment tout savoir sur leurs fils qui, de leur côté, se lassent de se sentir ainsi couvés. »
— Dans un sens, elle a raison.

— Ellie aurait dû me parler de sa visite chez vous. Je ne l'aurais pas crue capable d'une telle dissimulation.

J'étais furieux. Ma mère tenta, en vain, de m'apaiser. Refusant d'en entendre davantage, je la pressai :

— Allons, venez voir la maison, Mummy.

Notre « home » ne parut pas tellement lui plaire. Elle passa d'une pièce à l'autre, les sourcils froncés, puis se rendit sous la véranda. Ellie et Greta, de retour d'une promenade, s'y installaient. Le regard de ma mère se fixa sur Greta qui portait une pèlerine rouge. Ellie se retourna, sursauta, puis s'avança vers nous.

— Mrs. Rogers! Quelle surprise... Je vous présente mon amie Greta Andersen. C'est très gentil à vous de venir nous voir.

Elle prit les mains de ma mère dans les siennes. Sa belle-mère la contempla un moment, puis son regard dur se reporta sur l'Allemande :

— Je vois, murmura-t-elle. Je vois...

— Que voyez-vous, Mrs. Rogers?

— Je me suis souvent demandé comment était la maison que vous habitiez. C'est très beau. Les rideaux, les meubles, les tableaux...

— Voulez-vous boire du thé?

— N'est-ce pas un peu tard?

— Nous en prenons à toute heure. — Se tournant vers son amie : — Je ne sonnerai pas. Voulez-vous aller nous préparer un pot de thé, Greta?

— Bien sûr, chérie.

La jeune fille sortit en jetant un coup d'œil presque effrayé sur ma mère.

— Où sont vos bagages, Mrs. Rogers? J'espère que vous resterez ici quelques jours?

— Non, mon enfant. Je reprends mon train dans une demi-heure. Je désirais seulement me rendre compte. — Elle ajouta vivement, peut-être parce qu'elle ne voulait pas être entendue de Greta. — Ne craignez rien. J'ai parlé à Mike de notre première rencontre.

Ellie me regarda timidement.

— Ne soyez pas fâché, chéri. J'ai cru bien agir en vous dissimulant ma visite à votre mère.

Mummy expliqua :

— Votre femme était poussée par un sentiment qui l'honore. Vous avez choisi une bonne fille, Mike. Je suis désolée...

— Désolée, Mrs. Rogers?

— Oui, désolée de vous avoir jugée avant de vous connaître. Les belles-mères sont ainsi, elles se méfient toujours de celle qui leur enlève leur fils. Dès que je vous ai aperçue, j'ai compris que Mike était bien tombé. Il a beaucoup de chance.

Souriant, je protestai :

— Voyons, Mummy, vous savez bien que j'ai toujours eu du goût.

— Des goûts de luxe, oui! — Elle promena son regard sur les tentures.

Ellie protesta :

— Je suis pire que lui sur ce point.

— Encouragez-le tout de même à faire des économies de temps à autre. Il en a grand besoin pour s'assagir.

— Je refuse d'améliorer mon caractère. L'avantage dans le mariage est que la femme juge toujours son mari parfait. N'est-ce pas, Ellie?

Elle éclata de rire, rouge de plaisir. A ce moment, Greta entra, chargée d'un plateau et l'atmosphère redevint tendue, Ellie tenta timidement de persuader ma mère de rester plus longtemps, mais devant son visage fermé, elle n'insista pas. Nous raccompagnâmes notre visiteuse jusqu'au portail et au moment de nous quitter, elle s'enquit :

— Comment appelez-vous cette propriété?

— Le « Champ du Gitan ».

— Vous avez en effet des bohémiens dans le coin.

— Comment le savez-vous, Mummy?

— En venant, j'ai croisé une vieille femme qui m'a regardée étrangement.

— Mrs. Lee... Elle n'est pas méchante, seulement un peu dérangée.

— Ce n'est pas l'impression que j'ai eue. Elle m'a semblé en vouloir à quelqu'un. Lui auriez-vous causé quelque tort?

Ellie répondit pour moi.

— Elle est persuadée que cette propriété appartient à ceux qu'elle considère comme les siens : les gitans. Un campement de nomades fut chassé d'ici, il y a longtemps.

— Elle doit vouloir de l'argent. Ces gens-là sont ainsi. Ils gémissent et menacent, mais lorsque vous leur montrez quelques billets, ils oublient tout de suite leurs lamentations. A propos, qui est cette jolie personne qui habite chez vous?

Ellie lui expliqua sa longue amitié avec l'Allemande, et comment, grâce à elle, elle avait épousé l'homme qu'elle aimait. Je l'entendis conclure :

— Greta est merveilleuse et je me demande ce que je ferais sans elle.

— Vit-elle avec vous ou n'est-elle que de passage?

— Lorsque je me suis foulé la cheville, je lui ai demandé de m'aider et à présent que je suis remise, ma foi...

— Les jeunes gens devraient habiter seuls.

Elle nous embrassa et s'éloigna. Ellie, qui la suivait des yeux, remarqua d'un air pensif :

— Elle a beaucoup de personnalité.

Je lui en voulais encore de sa visite secrète à ma mère, mais au moment où je m'apprêtais à lui dire ce que je pensais, je vis son regard limpide et son sourire espiègle. Ma rancune s'envola.

— Petite cachottière!

— Parfois, c'est nécessaire.

— « Elle a trompé son père et peut te tromper à ton tour. » (1).

— Je ne crois pas avoir abusé mon père. J'étais probablement trop jeune pour cela.

— Il n'aurait pas approuvé notre mariage.

— Dans ce cas, s'il vivait encore, je me serais enfuie pour vous épouser.

— Pourquoi désiriez-vous tant voir ma mère, Ellie?

— N'exagérez pas. Je savais qu'elle tenait beaucoup à vous et qu'elle serait heureuse de connaître sa belle-fille. Elle a dû travailler dur pendant des années, pour vous permettre de poursuivre vos études.

— Cette histoire ne regarde qu'elle et moi.

— Dans un sens, je comprends pourquoi

(1) *Othello.*

vous ne souhaitiez pas que je la connaisse.

— Vous vous imaginez que je souffre d'un complexe d'infériorité à cause de notre pauvreté? Je vous jure pourtant que je n'y songe jamais.

— Je vous crois. Vous ne vouliez pas qu'elle me parle de vous. Elle aurait probablement souhaité vous voir choisir un bon métier.

— Oui, un bon métier assurant un avenir stable.

Elle haussa les épaules.

— Quelle importance, à présent... Je comprends son ambition, mais je me doute que vous l'auriez toujours déçue. Vous n'êtes pas du genre d'hommes à accepter une existence étriquée. Il vous faut tout entreprendre, tout voir et tout tenter afin d'arriver au sommet!

— Moi? Je n'aspire qu'à rester dans cette maison, avec vous.

— Pour le moment, mais cette vie vous lassera bientôt. Peut-être la fantaisie vous prendra-t-elle d'aller étudier divers styles de jardins à travers le monde, pour glaner çà et là quelques idées qui puissent donner au nôtre un caractère exceptionnel? Je suis sûre, néanmoins, que vous désirerez toujours revenir vous reposer ici entre deux voyages, et c'est ici que nous serons toujours le plus heureux.

— Nous ne nous ennuierons jamais, chérie. Je regrette de m'être fâché au sujet de ma mère.

— Elle n'a pas paru beaucoup aimer Greta.

— Beaucoup de personnes éprouvent un sentiment identique à son égard.

— Vous, compris?

— J'admets qu'au début je souffrais de la voir tant compter à vos yeux, mais à présent, nous nous entendons très bien. Elle inspire un sentiment de réserve, au premier abord.

— Oncle Andrew ne l'aime pas non plus. Il se figure qu'elle a trop d'influence sur moi.

— Est-ce vrai?

— C'est possible, mais dans ce cas, c'est aussi assez naturel. Greta est d'un tempérament dominateur et j'ai souvent eu recours à son affection pour supporter ma famille.

— Et finalement vous débarrasser d'eux.

Nous regagnâmes la maison en riant. Notre domestique nous apprit que Greta était repartie se promener.

A présent que ma mère connaissait Ellie et le cadre dans lequel nous vivions, j'osai enfin lui envoyer un gros chèque en lui conseillant de s'installer dans une maison plus confortable. Mon chèque me fut renvoyé par retour du courrier, déchiré en deux avec ces quelques phrases : « Je ne veux pas de cet argent. Vous ne changerez jamais, Mike. J'en ai maintenant la conviction. Que le ciel vous vienne en aide. »

Je montrai le tout à Ellie, en observant avec humeur :

— Vous voyez comme elle est! Parce que

j'ai épousé une femme riche et que je dépense un argent que je n'ai pas gagné en travaillant...

— Calmez-vous, chéri, elle oubliera. Votre mère vous aime beaucoup.

— Alors, pourquoi cherche-t-elle toujours à me changer? Je suis un adulte, ma personnalité ne se modifiera plus.

— Je vous aime tel que vous êtes. Pour me distraire elle passa à un sujet qui fut loin de m'apaiser. Que pensez-vous de notre nouveau valet?

Je n'en pensais rien, sinon qu'il cachait mal son mépris à mon égard.

— Il est consciencieux dans son travail... Pourquoi?

— Je me demande s'il ne serait pas un détective au service d'oncle Andrew.

— Pourquoi Lippincott vous mettrait-il un tel type sur le dos?

— En prévision d'un enlèvement, j'imagine. Aux Etats-Unis, chaque fois que je voyageais, il s'en produisait un ou deux.

— Un autre inconvénient que doivent subir les riches, et que j'ignorais. C'est inquiétant.

— Quelle importance, après tout?

— Et la femme de ce valet?

— S'il est vraiment détective, elle est sûrement dans le coup. Sa cuisine est bonne, pour un amateur. J'imagine qu'oncle Andrew à moins qu'il ne s'agisse de Stanford Lloyd a payé le couple que nous avions, pour l'éloigner. Le remplacement par celui qu'il avait choisi, était un jeu d'enfant.

— Mais, pourquoi ne pas vous en parler?

— J'aurais pu protester, rendant ainsi son projet irréalisable. Au fond, je me fais peut-êtres des idées, néanmoins... Vous allez probablement me juger stupide, mais j'ai tellement été habituée à traîner des détectives dans mon sillage que, d'instinct, je sens de loin leur présence.

— Pauvre petite fille riche! J'en découvre des choses sur votre compte!

CHAPITRE XVII

Ce soir-là, j'eus du mal à trouver le sommeil. Bohémiens, détectives, ennemis invisibles, tueurs à gages, une foule de personnages suspects se pressaient dans mon esprit fatigué. Je sombrai finalement dans un assoupissement sans rêve et me réveillai au matin, débarrassé de mes appréhensions. Un jour nouveau commençait, le 17 septembre, pour être exact, et cette date devait à jamais rester gravée dans ma mémoire.

Je me sentais heureux comme doivent l'être ces personnes qui mettent une annonce dans le journal, en offrant de se rendre n'importe où pour entreprendre n'importe quoi. J'échafaudais des plans... Le major Hilpot devait me retrouver à une vente aux enchères qui avait lieu le jour même à environ quinze miles de chez nous et parmi les différents articles énumérés dans le catalogue, j'avais noté un meuble que je désirais offrir à ma femme.

Ellie descendit prendre son petit déjeuner, vêtue de son costume d'amazone. Elle montait à cheval presque tous les jours à présent, parfois en compagnie de Claudia Hardcastle, mais plus souvent seule.

Suivant la coutume américaine, elle commençait la journée en avalant une tasse de café et un verre de jus d'orange. De mon côté, puisque je pouvais m'offrir tout ce qui me tentait, mes goûts étaient devenus ceux d'un lord de l'époque de la reine Victoria. Ce matin-là, on me servit des rognons braisés, des saucisses et du bacon. Un régal!

Entre deux bouchées, je demandai à Greta ce qu'elle comptait faire dans la journée :

— Je dois retrouver Claudia à la gare de Market Chadwell. Nous nous rendons à Londres pour voir les soldes de blanc.

— Est-ce à dire que tout ce qui se vend doit être blanc?

Elle me jeta un regard de mépris et consentit à m'expliquer qu'une vente de blanc consistait en linge de maison mis sur le marché à des prix avantageux. Elle avait notamment reçu un catalogue d'un magasin de Bond Street particulièrement intéressant.

Me tournant vers Ellie, je proposai :

— Si Greta va à Londres pour la journée, pourquoi ne viendriez-vous pas nous rejoindre au « George », le major et moi? Nous pourrions y déjeuner ensemble. La chère y est, paraît-il, très bonne. Donnons-nous rendez-vous pour une heure.

— D'accord. J'y serai.

Je l'aidai à monter en selle et elle s'éloigna sous les arbres. Elle avait pour habitude de suivre un sentier qui la menait jusqu'à la plaine où elle mettait sa monture au galop, puis revenait directement vers la maison. Je laissai la voiture de sport, facile à conduire, pour Ellie et pris la Chrysler. J'arrivai à Bartington Manor juste avant le début de la vente. Le major, déjà sur place, m'avait réservé un siège. Il s'y connaissait en antiquités, non pas qu'il appréciât ces vestiges de civilisations disparues ou estompées — il préférait le sport — mais parce que sa famille l'avait habitué à en reconnaître la valeur.

Dès que je me fus assis à ses côtés, il me chuchota :

— J'ai repéré quelques bons tableaux et entre autres un Rommey et un Reynolds. Cela vous intéresse-t-il?

— Non. Ces derniers temps, j'ai un penchant pour les artistes modernes.

— Plusieurs marchands sont là. Il y en a deux venus de Londres et ce type, là-bas, à la bouche pincée est Cressington, un antiquaire très connu. Au fait, votre femme n'est pas là?

— Non. Elle n'aime pas beaucoup les ventes... De toute manière, je ne tenais pas à ce qu'elle m'accompagne aujourd'hui.

— Ah... Pourquoi?

— J'ai l'intention de lui faire une surprise. Avez-vous jeté un coup d'œil sur le numéro 42?

Il feuilleta son catalogue puis leva les yeux sur un coin de la salle.

— Ce bureau? Il paraît en parfait état. Je dois dire que je n'en ai jamais rencontré un pareil.

Le meuble était, en effet, ravissant. Une marqueterie représentant le château de Windsor en ornait le devant et des bouquets de roses les côtés.

— Je n'aurais pas cru qu'il correspondait à vos goûts, remarqua mon compagnon.

— Il est bien trop délicat pour me plaire, mais je sais qu'Ellie l'adorera. C'est son anniversaire, la semaine prochaine, et je veux lui réserver la surprise de le découvrir dans son boudoir. Vous comprenez, à présent, pourquoi je ne tenais pas à ce qu'elle m'accompagne?

Le bureau atteignit un prix exorbitant et les revendeurs ne me l'abandonnèrent qu'à regret. J'achetai aussi une chaise sculptée « Chippendale » qui irait très bien dans notre hall, une magnifique paire de double-rideaux en brocart, ayant à peine servi.

Lorsque le commissaire-priseur annonça que la vente continuerait dans l'après-midi, Phillpot se leva en observant :

— Vous semblez avoir pris plaisir à suivre

tout ce mic-mac. Reviendrez-vous, plus tard?

— Non. Rien ne m'intéresse plus.

— Si nous allions déjeuner? Ellie nous rejoindra-t-elle au « George »?

— Elle s'y trouve peut-être déjà.

— Et Miss... Andersen?

— Elle est allée à Londres voir ce qu'on appelle une vente de blanc. Claudia l'y accompagnait, je crois.

— Claudia m'en a en effet parlé, hier. Vous paraissez content, aujourd'hui, Mike.

— Parce que j'ai obtenu le bureau pour Ellie. Je dois cependant admettre que je me sens particulièrement joyeux depuis mon lever. Quelquefois, on se berce ainsi de l'illusion que le monde est parfait et que la vie est très simple.

— Prenez garde. Eprouver cette impression est, paraît-il, un présage funeste.

— Une croyance écossaise?

— Oui, et vérifiée par l'expérience, hélas!

— Je ne crois pas à ces superstitions ridicules.

— Pas plus qu'aux avertissements des bohémiens, hein?

— Nous n'avons pas vu Mrs. Lee depuis au moins une semaine.

— Elle doit vagabonder. Cela lui arrive souvent. Pouvez-vous me prendre dans votre voiture? Inutile d'avoir chacun la nôtre, vous me déposerez bien ici au passage.

— Avec plaisir.

— Par quel moyen Ellie arrivera-t-elle?

— Je lui ai laissé la voiture de sport.

— J'espère que George aura préparé un bon repas. J'ai une de ces faims!

— Avez-vous acheté quelque chose à la vente? J'étais trop absorbé par mes achats pour le remarquer.

— J'ai poussé un ou deux objets, mais les prix ont dépassé mes moyens.

La cour du « pub » renfermait trop de voitures pour que je puisse me rendre compte si celle d'Ellie y était. A l'intérieur, je cherchai ma compagne des yeux et ne l'apercevant pas, j'en déduisis que nous arrivions les premiers. Un coup d'œil à l'horloge me rassura : une heure venait juste de sonner. Pour nous dégourdir des quelques heures passées à la vente, nous prîmes un verre au bar. La salle, pleine de monde, n'avait qu'une table de libre : celle que j'avais réservée par téléphone, la veille. Je repérai alentour, plusieurs visages familiers : près d'une fenêtre un homme attira particulièrement mon attention. Qui était-il donc? Où l'avais-je déjà rencontré? Il n'habitait certainement pas la région et ses vêtements le distinguaient de son entourage. Je dois dire que j'avais côtoyé dans ma jeunesse des personnages de tout genre, dont j'aurais été bien incapable de me rappeler. Celui-ci, néanmoins... où donc l'avais-je vu récemment? Pas à la vente, en tout cas.

La patronne, imposante dans sa robe de soie noire, froufroutante, s'approcha de moi.

— Passerez-vous bientôt à table, Mr. Rogers? Nous avons beaucoup de monde aujourd'hui et je dois faire patienter plusieurs clients faute de place.

— Ma femme va arriver d'une minute à l'autre.

Mentalement, je l'imaginais peut-être sur la route, avec un pneu crevé.

Me tournant vers Phillpot, je déclarai :

— Venez, nous allons commencer sans elle. Elle a sans doute quitté la maison avec du retard.

— Les femmes ne nous font-elles pas toujours attendre?

Nous commandâmes un « stack and kidney pie » que nous attaquâmes de bon appétit.

— Ce n'est pas bien de la part d'Ellie de nous laisser poireauter ainsi. Il est vrai que c'est habituellement Greta qui se charge de lui rappeler ses rendez-vous et de la mettre en route. Aujourd'hui, Greta est à Londres.

— Votre femme dépend-elle beaucoup de Miss Andersen?

— Pour ces détails, oui.

Ayant terminé notre plat, nous passâmes à une tarte aux pommes, recouverte d'une bonne couche de crème fouettée.

Une idée me traversa brusquement l'esprit.

— Croyez-vous qu'elle aurait pu oublier de venir?

— Vous feriez bien de téléphoner chez vous pour vous en assurer.

J'appelai donc la maison, où la cuisinière me répondit :

— Oh! c'est vous, Mr. Rogers. Mrs. Rogers n'est pas encore rentrée.

— Que voulez-vous dire, pas encore rentrée?

— Elle n'est pas revenue de sa promenade à cheval.

— Mais, elle est partie après le petit déjeuner. Elle n'a pu chevaucher toute la matinée.

— Elle ne m'a pas avertie qu'elle se rendrait autre part.

— Pourquoi ne m'avez-vous pas téléphoné plus tôt pour me prévenir?

— Je n'aurais pas su où vous joindre, Monsieur.

Je lui donnai le numéro du « George et le Dragon » en la priant de m'y demander dès que sa maîtresse rentrerait. Je retournai ensuite auprès de Phillpot qui comprit à mon expression que quelque chose n'allait pas.

— Ellie n'est pas encore rentrée. Elle est allée faire du cheval comme d'habitude et aurait dû regagner la maison à onze heures, au plus tard.

— Ne vous affolez pas avant de savoir, mon garçon. Vous vivez à l'écart du village. Peut-être que son cheval s'est mis à boîter, l'obligeant à revenir à pied. La lande est déserte, il lui aura donc été impossible de dépêcher quelqu'un chez vous.

— Si elle avait décidé d'aller ailleurs, elle m'aurait laissé un message.

— Venez. Nous finirons bien par la retrouver.

Alors que nous sortions dans la cour du « pub », une voiture passa près de nous, conduite par l'homme qui m'avait intrigué plus tôt. Soudain, je me souvins... Stanford Lloyd — à moins qu'il ne s'agisse de quelqu'un qui lui ressemble beaucoup. A ses côtés, une femme en qui je crus reconnaître Claudia Hardcastle. Je la croyais pourtant à Londres avec Greta. Pour quelles raisons Lloyd se trouvait-il dans les parages? Aurait-il eu l'intention de venir nous rendre visite? Dans ce cas, pourquoi ne pas nous en avoir informés à l'avance? Toutes ces questions me déroutaient...

Tandis que nous roulions, je sentis le regard inquisiteur de Phillpot posé sur moi, ce qui me poussa à observer :

— Il semblerait que votre croyance écossaise soit vraisemblable, après tout.

— N'y pensez pas encore. Votre femme a pu se fouler la cheville. Elle est bonne cavalière et je suis certain qu'aucun accident grave ne lui est arrivé.

— Les accidents arrivent si vite.

Aux abords de notre propriété, nous roulâmes lentement pour inspecter les bas-côtés de la route escarpée. De temps à autre, nous arrêtions le véhicule pour questionner quelques passants. Un vieil homme qui déterrait des pommes de terre fut le premier à pouvoir nous indiquer une piste.

— J'ai aperçu un cheval sans cavalier, il y a environ deux heures. J'ai bien essayé de l'arrêter mais il s'est enfui au galop. Depuis, je n'ai vu passer personne.

— Allons chez vous, Mike — proposa le major. — Nous y aurons peut-être de ses nouvelles.

A la maison, cependant, les domestiques attendaient toujours le retour de leur maîtresse. Je dépêchai le valet vers la lande et Phillpot, de son côté, téléphona au village pour envoyer un homme dans la même direction. Ensuite, nous partîmes tous deux à pied, empruntant le sentier qu'Ellie avait pour habitude de parcourir à cheval.

En arrivant à un croisement... nous la découvrîmes. Son cheval était revenu près d'elle et flairait les vêtements qui la recouvraient. Je me mis à courir, Phillpot sur les talons.

Elle était recroquevillée sur elle-même, le visage tourné vers le ciel.

— Je ne puis... — Je tournai la tête.

Phillpot se pencha sur elle, pour se redresser presque aussitôt.

— Nous allons faire appel à Shaw. Il est le plus près, mais... je ne crois pas qu'il soit de la moindre utilité.

— Vous voulez dire... qu'elle est morte?

— Inutile de vous mentir, Mike, elle est morte, en effet.

— C'est impossible... Pas Ellie!

— Buvez ceci.

Il me tendit son flacon de cognac et je bus une forte rasade d'alcool.

Le valet arriva à cet instant et le major l'envoya quérir le docteur Shaw.

CHAPITRE XVIII

Shaw nous rejoignit au volant d'une vieille Land-Rover. Il devait l'emprunter pour visiter des fermes isolées lorsque le temps rendait les chemins impraticables. Il nous salua d'un signe de tête et se rendit auprès d'Ellie. Lorsqu'il revint près de nous, il annonça :

— Elle est morte depuis trois ou quatre heures. Comment cela est-il arrivé?

Je lui expliquai tant bien que mal le départ d'Ellie en début de matinée. Dès que j'eus fini, il questionna :

— Lui est-il arrivé de tomber de cheval?

— Non. Elle a toujours été habituée à chevaucher, elle était une excellente cavalière.

— Elle aurait pu faire une chute, récemment, et perdre de son assurance. Le cheval se sera effrayé et...

— Il est de tempérament très docile.

Phillpot se joignit à la conversation pour m'approuver puis il s'enquit :

— A-t-elle des côtes brisées, docteur?

— Je ne l'ai pas encore examinée assez sérieusement pour vous répondre, mais au premier abord elle ne porte aucune marque. Il est possible qu'elle soit morte de sa chute.

— Impossible, voyons!

— Ce ne serait pas la première fois que des personnes meurent d'un tel choc, Mr. Rogers. Si le cœur de votre femme était faible...

— Elle m'a en effet confié que ses médecins américains l'avaient prévenue à ce sujet.

— Je ne m'en suis pas rendu compte le jour où vous m'avez demandé de l'examiner. De toute manière, nous serons bientôt fixés puisqu'il me faut ordonner une enquête. Je vous conseille, maintenant, de rentrer chez vous et de vous reposer. Vous me faites l'effet d'en avoir grand besoin.

Un petit groupe s'avança vers nous et d'après les questions que posa Phillpot, j'appris qu'il s'agissait d'un touriste venu par curiosité, d'une paysanne en route vers une ferme isolée et d'un vieux cantonnier. Des bribes de leurs conversations me parvenaient comme dans un rêve.

— Pauvre dame... Si jeune... Elle a été jetée à bas de sa monture?

— On ne devrait jamais avoir confiance dans ces animaux.

— C'est Mrs. Rogers, la dame qui habite « Les Tours ».

Les paroles du vieux cantonnier me firent sursauter :

— J'ai dû manquer l'accident de peu.

Le médecin le pressa :

— Comment ça?

— Ben, ma foi, j'ai aperçu un cheval qui galopait à travers champs.

— Avez-vous vu la dame tomber?

— Non... non! Je l'avais bien remarquée au moment où elle sortait des bois, sur sa bête, mais je lui ai ensuite tourné le dos, car j'étais occupé à tailler des pierres. Un peu plus tard, j'ai entendu un galop et en levant la tête, j'ai bien vu le cheval, mais il se sauvait tout seul. Moi, j'ai pas trouvé ça tellement étrange, je me suis seulement dit que la dame avait probablement abandonné sa monture pour une raison quelconque et continuait sa route à pied.

— Vous ne l'avez pas aperçue, allongée par terre?

— Non. Il est vrai que je n'ai plus des yeux de jeune homme.

— Quelqu'un est-il passé non loin d'elle, avant ou après sa chute?

— Je n'ai remarqué personne.

La paysanne lança brusquement :

— Peut-être que c'est la bohémienne qui lui a fait peur.

Je me tournai vivement vers elle.

— La bohémienne? Quand l'avez-vous vue?

— Il y a environ trois ou quatre heures. Je descendais au village... Au fond, je ne suis pas certaine qu'il s'agissait bien d'elle, je me trouvais trop loin pour distinguer ses traits. Je sais cependant qu'elle est la seule à porter une cape rouge. Je l'ai aperçue qui longeait une sentier menant aux bois. On m'a raconté qu'elle avait plusieurs fois lancé des méchancetés à la pauvre dame américaine.

Sans me soucier d'être entendu, je criai :

— Le « Champ du Gitan »!... si seulement je n'y avais jamais mis les pieds!

TROISIÈME PARTIE

CHAPITRE XIX

Il m'est extrêmement difficile et pénible de revivre la marche des événements qui suivirent ce jour fatal. Jusque-là, tout était clair dans mon esprit, bien qu'il m'ait fallu réfléchir longtemps avant de décider par où je commencerais mon histoire. Avec la mort d'Ellie, une partie de moi-même venait de mourir et je demeurais insensible à ce qui se passait autour de moi.

Je me rappelle seulement la gentillesse de nos voisins, la compétence de Greta, attentive à tous les petits détails de la vie quotidienne, mais surtout l'absence d'Ellie et notre maison devenue si vide...

Le docteur Shaw vint me voir et je me souviens très bien de sa visite. Il affichait un air grave, mais me parla cependant d'un ton paternel, réconfortant. Il fit allusion à un mot qui me frappa : « dispositions ». Quelle horrible expression! Notre vie n'est pas, comme on pourrait le croire, gouvernée par des définitions sublimes comme : Amour, Sexe, Vie, Mort, Haine, mais bien par une suite d'expressions mesquines et dégradantes telles que : pompes funèbres, formalités, dispositions, enquêtes. J'eus alors l'occasion d'apprendre à les détecter. Une autre chose me frappa : les rideaux que les domestiques gardaient fermés durant la journée. Pourquoi rester dans l'obscurité après la mort d'Ellie? Absurde!

L'enquête fut une révélation pour moi. Je n'avais jamais eu l'occasion d'assister à ce genre de formalité qui me fit l'effet d'un travail d'amateur. Le « coroner » s'exprimait avec affectation et portait un pince-nez. Il m'appela à la barre des témoins où je dus prouver l'identité d'Ellie et relater les faits de cette mémorable matinée du 17 septembre où ma femme, en me quittant, m'avait paru parfaitement normale et en excellente santé.

Shaw prit ma place et exposa en quelques phrases brèves le résultat de son examen : aucune blessure grave, luxation de la clavicule, contusions. A son avis, la mort avait été instantanée et due uniquement au choc provoqué par la chute.

Greta vint témoigner à son tour et souligna plus qu'elle ne l'avait fait précédemment auprès du médecin la fragilité du cœur de son amie qui avait inquiété les spécialistes américains, trois ou quatre ans plus tôt.

Après, ce furent les quelques témoins qui

s'étaient trouvés à proximité du lieu de l'accident. Le vieil arracheur de pommes de terre fut entendu le premier. Il avait aperçu la cavalière à une cinquantaine de mètres environ. Il savait qui elle était, bien qu'il ne lui eût jamais adressé la parole.

A la question :

— Vous la connaissiez de vue?

Il répondit :

— Non, mais je connais bien le cheval qu'elle montait. Il a une marque blanche sur une patte. Il appartenait à Mr. Carey de Shettle-groom. Je sais qu'il s'est montré toujours très docile.

— Le jour de l'accident, vous l'avez vu passer au galop non loin de vous : vous a-t-il paru effrayé?

— Absolument pas.

— Parlez-nous des personnes que vous avez rencontrées au cours de la matinée?

— Le chemin près duquel je travaillais, est très peu fréquenté. Il sert parfois de raccourci entre quelques fermes isolées et le village. Je n'ai remarqué qu'un homme à bicyclette, un autre à pied et, un peu plus tard, avant le passage de la cavalière, Mrs. Lee... je crois bien qu'il s'agissait d'elle, mais en vérité je me trouvais trop loin pour distinguer ses traits. Elle suivait le chemin venant dans ma direction lorsque, brusquement, elle a biaisé et s'est enfoncée dans les sous-bois.

Le coroner demanda pourquoi Mrs. Lee n'était pas présente à l'audience et on lui dit que l'intéressée avait quitté le village quelques jours plus tôt, sans indiquer où elle se rendait. Comme cela lui arrivait fréquemment, personne ne s'en inquiétait. Quelqu'un crut se souvenir d'avoir constaté son absence un ou deux jours avant le matin de l'accident.

Le vieil homme fut rappelé à la barre.

— Vous avez cependant l'impression que c'est bien Mrs. Lee que vous avez aperçue?

— Ma foi, je ne pourrais le jurer, mais la femme portait une cape rouge comme celle de Mrs. Lee.

— Je vous remercie. Mr. Rogers, veuillez revenir à la barre, je vous prie. Connaissez-vous Mrs. Lee?

— Oui, très bien.

— Avez-vous eu l'occasion de lui parler?

— Assez souvent... ou plutôt, c'est elle qui s'est adressée à ma femme et à moi.

— Vous a-t-elle jamais menacés l'un ou l'autre?

Je réfléchis un moment.

— Dans un sens oui, bien que...

— Continuez.

— ... j'ai toujours pris ses bavardages à la légère.

— Son ton insinuait-il qu'elle en voulait à votre femme pour une raison particulière?

— Ma femme me l'a assuré un jour, bien

qu'elle ne s'expliquait pas l'animosité de la bohémienne.

— Lui auriez-vous ordonné de ne plus approcher votre propriété en la menaçant au cas où elle ignorerait votre avertissement?

— Les menaces sont toujours venues de sa part.

— La tenez-vous pour une déséquilibrée?

— Oui. Pour moi, elle est persuadée que ce terrain, sur lequel nous avons bâti notre maison, appartient encore à sa tribu et sa conviction est devenue une idée fixe.

— Elle n'a jamais tenté de porter la main sur votre femme?

— Non, elle se bornait à lui prédire un avenir funeste.

— Lui est-il arrivé d'employer le mot « mort »?

— Il me semble bien, en effet, mais comme je vous le disais, je me prenais pas ses paroles au sérieux et ne les écoutais guère.

— Et votre femme?

— Elle redoutait les bavardages de Mrs. Lee. Néanmoins, je ne tiens pas la vieille femme pour responsable du mal qu'elle a pu faire.

Là-dessus, la séance fut ajournée à quinze jours, pour donner le temps à Mrs. Lee de venir témoigner. Tout indiquait que la mort d'Ellie avait été accidentelle, mais on ne savait pas encore exactement à quoi l'attribuer.

CHAPITRE XX

Résolu à éclaircir le mystère de la présence de la bohémienne à proximité du bois où Ellie était morte, je me rendis le lendemain chez le major Phillpot.

Confortablement installé dans un de ses vieux fauteuils, j'attaquai :

— Vous qui connaissez Mrs. Lee, la croyez-vous capable de causer un accident dans une intention criminelle?

— Non. Esther est incapable d'agir de la sorte. A ma connaissance, elle n'a jamais nourri d'intention malveillante envers quiconque.

— Je ne m'explique cependant pas pourquoi, guettant son passage, elle surgissait toujours devant Ellie. Cette attitude curieuse m'incline à croire qu'elle en voulait à ma femme, mais de quoi?... Avant notre arrivée dans ce village, ni Ellie ni moi...

— Qu'y a-t-il, Mike?

— Je... je viens de tout revoir. Savez-vous où j'ai rencontré Ellie pour la première fois? Non, bien sûr, vous ne pouvez deviner. J'étais de passage à Market Chadwell, le jour où la propriété se trouvait à vendre et, ayant lu l'affiche annonçant la vente aux enchères, je me suis rendu sur la propriété. C'est là qu'Ellie m'est apparue... debout, contre un grand sapin... Ma présence l'a fait sursauter et... ma foi, c'est ainsi que nous en sommes venus à construire notre home sur ce terrain maudit!

— Quand avez-vous commencé à juger ce terrain maudit?

— Je me suis toujours refusé à l'admettre, mais je crois bien qu'Ellie ne s'est jamais sentie en sécurité ici. J'ai le sentiment que quelqu'un a cherché, dès le début, à l'effrayer.

— Qui aurait nourri ce projet bizarre?

— La bohémienne, sans aucun doute. Elle avertissait Ellie que, si elle restait sur le « Champ du Gitan », un grand malheur s'abattrait sur elle.

— Si seulement j'avais été au courant! J'aurais pu aller trouver Esther, la raisonner, lui faire comprendre que ses radotages devenaient inquiétants.

— A votre avis, quelle raison la poussait à se conduire de cette façon envers Ellie et moi-même?

— Le désir de se donner de l'importance,

sans doute. Elle voulait se persuader qu'elle avait le pouvoir de connaître l'avenir.

— Et si quelqu'un l'avait payée pour se conduire ainsi? J'ai entendu raconter qu'elle aimait beaucoup l'argent.

— C'est vrai... mais qui vous a dit cela?

— Le brigadier Keene. Je n'y aurais jamais pensé.

— Tout de même, je me refuse à croire Esther capable d'effrayer votre femme, dans le but de provoquer un accident mortel.

— Elle ne le souhaitait sûrement pas. Peut-être a-t-elle poussé un cri qui a effarouché le cheval?

— C'est en effet, plausible.

— Notre propriété a-t-elle jamais appartenu à Mrs. Lee?

— Oh, non! Il est possible que quelques campements de nomades en aient été chassés plusieurs fois, mais de là à croire que l'un d'eux en ait gardé une rancune vengeresse, me paraît bien improbable.

— Si nous revenons à l'hypothèse d'un inconnu employant Mrs. Lee pour nous éloigner de chez nous, à quoi arrivons-nous? Nous ignorons quel pouvait être son mobile. Mrs. Lee a essayé de m'effrayer mais en vain alors elle a tourné son attention sur Ellie qui était plus facilement impressionnable que moi. En rendant l'existence impossible à l'un de nous, les complices étaient certains que nous abandonnerions les lieux. Il doit y avoir une raison qui pousse quelqu'un à vouloir notre propriété.

— Oui... mais laquelle?

— Le sol de la propriété renferme peut-être une mine de charbon?

— J'en doute fort.

— Ou un trésor caché, le butin d'un hold-up? A moins qu'Ellie n'ait eu réellement un ennemi acharné.

— Dans ce cas, vous ne voyez pas qui ce pourrait-être?

— Elle n'avait, à ma connaissance, aucune relation dans la région. — Je me levai. — Pardonnez-moi de vous ennuyer avec mes soucis.

— Je regrette de n'avoir pu vous être utile, Mike.

Sur le point de sortir, je me rappelai un détail qui me fit dire :

— J'aimerais vous montrer quelque chose que j'ai l'intention de porter au commissariat.

Je sortis de ma poche une pierre enveloppée d'une chiffon de papier.

— On a lancé ceci par la fenêtre de ma salle à manger, ce matin. Le même incident s'était produit le soir de notre installation. Il doit s'agir de la même personne.

Phillpot prit le papier sur lequel s'étalait en caractères malhabiles : « C'est une femme qui a tué votre épouse ».

Le major haussa les sourcils.

— Extraordinaire! Le premier message portait-il la même écriture?

— Je ne m'en souviens plus, mais il nous conseillait de quitter le « Champ du Gitan ». Nous avons pensé qu'un voyou s'amusait à nos dépens, mais cette fois, l'affaire me paraît plus sérieuse.

— Vous avez parfaitement raison de vouloir confier ce papier à Keene. Il saura, mieux que nous, en rechercher l'auteur.

Le policier auquel je rendis visite aussitôt se montra, en effet, intéressé :

— Il se passe des choses étranges dans ce village, depuis quelque temps, me dit-il.

— A votre avis, que signifie ce message, brigadier?

— Difficile à préciser. Une accusation indirecte... Comment savoir si elle repose sur quelque chose?

— Pensez-vous qu'elle désigne Mrs. Lee?

— Je ne le crois pas, car l'auteur du billet n'aurait pas hésité à la nommer. A mon avis, le dénonciateur s'est trouvé à proximité du lieu de l'accident et a vu ou entendu quelque chose, alors qu'une silhouette disparaissait dans les bois. Je dois dire que tout le monde est enclin à accuser la bohémienne, sans la moindre preuve.

— Avez-vous réussi à retrouver Mrs. Lee?

— Pas encore. Nous avons enquêté dans un campement de nomades où elle se rend parfois. Personne ne l'a vue ces temps derniers. Il est vrai que ces gens-là refusent instinctivement d'aider la police dans ses recherches. Pour ma part, je ne pense pas qu'elle soit allée si loin.

— Vraiment?

— Cette femme a peur. Elle a menacé plusieurs fois votre épouse et est peut-être cause de l'accident. Elle se doute que la police désire l'interroger et elle se cache, et pour cela il lui faut éviter les transports publics où elle serait facilement repérée.

— Vous la retrouverez sûrement, car elle ne passe pas inaperçue.

— Bien sûr, mais cela prendra du temps. Il y a une autre hypothèse... Je me suis toujours demandé si quelqu'un ne la payait pas pour tenter de vous chasser de chez vous.

— Dans ce cas, elle aurait une raison de ne pas disparaître.

— Oui, mais ce quelqu'un doit vouloir mettre la main sur elle.

— Supposons qu'il s'agisse bien d'une femme, comme l'indique le message...

— Qu'il s'agisse d'une femme ou d'un homme, la personne qui désirait que vous quittiez la région, ne souhaitait pas forcément la mort de Mrs. Rogers.

— Je suis d'accord avec vous, brigadier.

— Et maintenant, qui est traqué?... Mrs Lee, responsable de l'accident dont elle doit rendre compte à celle ou à celui qui la payait. Affolée, elle désire sûrement se disculper et venir nous confier le nom de celui qui a tout manigancé et qui, lui de son côté, doit chercher, par tous les moyens, à la faire taire.

— Vous pensez donc qu'elle est peut-être morte à l'heure qu'il est?

— C'est possible. Il se tut un moment avant d'ajouter : « Vous connaissez cette « Folie » qui se trouve au milieu de vos bois, Mr. Rogers?

— Oui. Ma femme et moi l'avons découverte un jour et l'avons aménagée. Nous nous y rendions quelquefois. Pourquoi cette question?

— En procédant à notre enquête, nous l'avons inspectée. Elle n'était pas fermée à clé...

— Nous ne la verrouillions pas, car elle ne renferme rien de précieux.

— Nous espérions y trouver des traces du passage de Mrs. Lee, or tout ce que nous y avons découvert est ceci. — Il sortit de son tiroir un petit briquet en or, délicatement ciselé et orné d'un C serti de diamants. — Appartenait-il à votre femme, Mr. Rogers?

— Je ne l'ai jamais remarqué parmi ses affaires. L'initiale ne correspond pas à son prénom. Quant à Miss Andersen, elle s'appelle Greta.

— C'est un briquet de grande valeur.

— La seule personne portant l'initiale C'est

la belle-mère de ma femme, Cora Van Stuyvesant, mais je ne l'imagine pas se hasardant dans un sentier couvert de ronces pour aller méditer seule dans un pavillon isolé. De plus, elle nous a rendu une visite très brève, il y a quelques semaines. Depuis, nous aurions remarqué ce briquet, car l'endroit est très peu meublé. Où l'avez-vous trouvé exactement?

— Au pied du divan. Naturellement, n'importe qui aurait pu pénétrer dans ce pavillon puisque vous ne le fermez jamais à clé, mais je doute que nos villageoises soient assez riches pour pouvoir s'offrir un tel joujou.

— A présent, j'y pense. Miss Claudia Hardcastle aurait pu se rendre là-bas, car ma femme et moi n'aurions élevé aucune objection à ce qu'elle visitât la « Folie », mais je ne la crois pas intéressée par des objets aussi raffinés.

— Miss Hardcastle était une amie de votre femme?

— Oui et la seule amie que mon épouse fréquentait dans la région. Dites, vous n'imaginez pas que Claudia aurait pu détester ma femme au point de...

— Elle n'aurait, je l'admets, aucune raison apparente de nourrir un tel sentiment envers Mrs. Rogers, mais on ne sait jamais avec les femmes.

— Je crois savoir que Claudia avait épousé un Américain du nom de Lloyd et bien que les Etats-Unis doivent compter des centaines de citoyens portant ce nom, je me demande s'il ne s'agirait pas du Lloyd qui s'occupe des affaires financières de ma femme.

— Possible. Où voulez-vous en venir?

— Eh bien! Le jour de l'accident, il me semble avoir aperçu cet homme au « George » à Barlington.

— Il n'est pas venu vous rendre visite?

— Non, il était accompagné d'une personne qui ressemblait assez à Claudia Hardcastle. Mais j'ai probablement fait erreur. C'est le frère de Miss Hardcastle qui a construit notre maison.

— Ah? Votre maison lui plaît-elle?

— Je crois qu'elle ne prise pas beaucoup l'architecture moderne. — Ne voyant plus rien à ajouter, je me levai pour prendre congé. — J'espère que vous trouverez bientôt la bohémienne.

— Nous ne cessons de la chercher, Mr. Rogers. Le coroner souhaite lui aussi, l'interroger.

Dehors, je tombai nez à nez avec Claudia Hardcastle qui sortait de la poste. Embarrassée, elle me dit :

— La nouvelle m'a beaucoup affligée, Mike. Je n'en dirai pas plus, car il doit être pénible de supporter les condoléances des amis.

— Vous avez été très bonne pour Ellie et votre affection lui fut précieuse.

— J'aimerais vous parler d'un sujet qui me

tient à cœur. Ayant appris que vous allez bientôt partir pour l'Amérique, il importe que je sois fixée avant votre départ.

— Dites, je vous en prie.

— Eh bien, si... si vous partez, peut-être vendrez-vous le « Champ du Gitan »? Dans ce cas, j'aimerais être la première à connaître votre prix.

Incrédule, j'insistai :

— Vous voulez dire que vous achèteriez la propriété? Je croyais que vous n'aimiez pas ce genre d'architecture.

— Rudolph m'a dit que cette maison était son chef-d'œuvre. Je me doute que vous en exigerez une grosse somme. J'ai les moyens d'accepter votre prix.

Je ne pus m'empêcher de trouver cela bizarre. Au cours de ses visites passées, elle n'avait pas une fois manifesté de plaisir à contempler notre demeure. Son frère, auquel elle ne s'était jamais intéressée, aurait-il brusquement pris de l'importance à ses yeux?

Je secouai lentement la tête tout en articulant :

— Je comprends que vous ayez pu imaginer que je me séparerais du « Champ du Gitan » après ce qui est arrivé à Ellie, mais je n'en ai nullement l'intention. Nous avons vécu heureux ici, et c'est l'endroit où je me la rappellerai le mieux. Je ne vendrai jamais le « Champ du Gitan ». Souvenez-vous en, ma chère.

Je la fixai dans les yeux et son regard défia le mien, mais elle baissa bien vite les paupières.

Prenant mon courage à deux mains, je lançai d'un trait :

— Pardonnez ma curiosité, mais on m'a dit que vous aviez été mariée. Votre époux s'appelait-il Stanford Lloyd?

Elle hésita puis, en me murmurant un « oui » sec, me tourna le dos.

CHAPITRE XXI

Une grande confusion... Tel est le souvenir que je garde de tout ce qui se passa après la mort d'Ellie. Une procession de reporters, de photographes, de lettres, de télégrammes avec toutes les questions... Greta me suppléa pour faire face à la situation.

Je me rappelle cependant que ce qui me frappa le plus, ce fut ce que j'appris au sujet de la famille d'Ellie : tout le monde se trouvait en Angleterre le jour où ma femme fit sa chute mortelle. Cela ne me surprit pas outre mesure de la part de Cora Van Stuyvesant. Vivant de façon excentrique, elle ne restait jamais en place. Le 17 septembre, elle visitait une douzaine de propriétés, situées à quelque 50 miles de chez nous.

Stanford Lloyd assistait à une conférence qui le retenait à Londres plusieurs jours.

Plus tard, je devai découvrir que Reuben Barker ne se trouvait pas loin, lui non plus.

Tous apprirent la mort d'Ellie par les journaux, alors que des télégrammes les attendaient aux Etats-Unis.

Une discussion sordide eut lieu pour décider du lieu où Ellie serait enterrée. J'avais pensé, en toute simplicité, qu'elle resterait là où elle avait trouvé la mort, mais les Américains s'y opposèrent violemment. Ellie devait retourner aux Etats-Unis pour rejoindre ses parents dans la tombe familiale. En y réfléchissant bien, j'admis que cette solution semblait la meilleure, après tout.

Andrew Lippincott qui était venu me voir pour régler la question, m'informa que sa pupille n'avait laissé aucune instruction à ce sujet.

— Pourquoi l'aurait-elle fait? — avais-je rétorqué sèchement. — A vingt et un ans, on ne pense pas à choisir l'endroit où l'on voudrait être enterré! Si nous avions abordé la question, je ne doute pas que nous aurions choisi d'être ensevelis ensemble, même si l'un de nous survivait à l'autre. Mais qui pense à régler ces formalités au beau milieu de la vie?

— Je suis entièrement de votre avis. A présent, Michaël, je dois vous prévenir qu'il vous faudra vous rendre à New York, d'abord pour la cérémonie et aussi pour examiner certains papiers concernant les intérêts de Fenella.

— Qu'ai-je à voir dans ces histoires auxquelles je ne comprends rien?

— D'après le testament, vous devenez le principal bénéficiaire.

— Parce que je suis le plus proche parent de ma femme?

— Non. Votre épouse, qui était une parfaite femme d'affaires, avait rédigé un testament à sa majorité. Elle en a rédigé un autre, quelques jours après votre mariage. Le document a été confié à ses notaires de Londres et une copie est entre mes mains. — Il hésita avant de poursuivre. — Si vous venez aux Etats-Unis, ce que je vous conseille, vous agirez sagement en plaçant vos affaires entre les mains d'un notaire très scrupuleux.

— Pourquoi?

— Parce que vous vous trouvez à la tête de vastes propriétés et titres pour lesquels vous aurez besoin des conseils d'un expert.

— Ne pourriez-vous pas vous charger de ce travail?

— Si, mais du fait que je veille déjà sur les intérêts de plusieurs membres de la famille, certains conflits pourraient se déclencher. D'un autre côté, si vous me laissez décider à votre place, je ferai en sorte que vos intérêts soient sauvegardés en vous choisissant un fondé de pouvoir très honnête.

— Cela me convient parfaitement et vous en remercie.

— Si je puis me permettre un conseil : lisez

toujours avec attention ce que l'on vous présentera à signer.

— Vous croyez que j'en comprendrai le sens?

— Si vous craignez de commettre une erreur, portez-les à votre conseiller juridique avant.

— Essayez-vous de me mettre en garde contre quelqu'un, Mr. Lippincott?

— C'est là une question à laquelle je ne puis répondre. Je vous avertis seulement que lorsque de grosses sommes d'argent entrent en jeu, il est nécessaire de n'accorder sa confiance à personne.

Ainsi, il me mettait bien en garde... mais contre qui? Cora? Stanford Lloyd? Le banquier à la mine tellement ouverte et qui se rendait en secret à Londres « pour affaires », oncle Frank, la brebis galeuse de la famille? Je me vis soudain sous les traits d'un pauvre innocent illettré, nageant dans un lac où pullulaient des crocodiles affamés.

Une idée me traversa l'esprit et je demandai à brûle-pourpoint :

— Qui va bénéficier de la mort d'Ellie?

— Curieuse question. Vous, Michaël, je viens de vous le dire.

— Personne d'autre?

— Quelques vieilles servantes toucheront une petite rente et une œuvre de charité aura droit à une part qui ne compte pas beaucoup.

Miss Andersen va aussi recevoir une certaine somme mais en rien comparable au chèque qu'elle a déjà reçu de son amie. Comme vous le voyez, vous seul héritez de la majorité de la fortune de ma pupille.

— Votre conseil m'a cependant rendu méfiant.

— Je puis vous assurer que mes soupçons ne reposent sur rien de défini.

— Entre nous, je dois m'attendre à ce que quelqu'un tente de me faire signer une renonciation à mes droits d'héritier?

— Je ne sais quand sera dressé l'état des affaires de Fenella. Il se peut que quelqu'un cherche à tirer parti de la situation durant cette période d'attente. Son plan sera simplifié s'il peut abuser de la confiance d'une personne aussi peu avisée que vous, pardonnez ma franchise. Je ne puis vous en dire plus.

Le service funèbre eut lieu dans la petite église de Market Chadwell et fut très simple. Si j'avais pu, je me serais abstenu d'y assister. Une foule de curieux se pressait sous le porche et Greta dut me frayer un passage parmi eux et m'emmener rapidement ensuite, pour m'éviter la corvée de serrer la main de tous ces braves gens.

C'est au milieu de cette période pénible que je m'aperçus à quel point Greta Andersen était une fille remarquable. Elle m'évitait tous les désagréments, toutes les corvées et me réconfortait par sa présence silencieuse. A présent, je comprenais comment Ellie en était venue à dépendre entièrement d'elle.

A l'église, j'avais remarqué un homme sur le visage duquel je ne pouvais mettre un nom et qui, pourtant, me semblait assez familier. De retour à la maison, Carson, mon valet, m'annonça qu'un gentleman m'attendait au salon.

Je lui ordonnai de renvoyer l'opportun, lorsqu'il me répondit que le visiteur affirmait être un membre de la famille. Le visage de l'inconnu aperçu à l'église me revint à l'esprit.

Je lus la carte : William E. Pardoe.

— Greta, connaissez-vous quelqu'un du nom de Pardoe?

— Bien sûr! C'est l'oncle Reuben ou plutôt le cousin d'Ellie.

Je compris alors pourquoi son visage m'avait paru familier... Ellie gardait dans son boudoir des photos de famille et à les regarder souvent, j'en étais venu me figurer que je connaissais les personnages.

Je me rendis aussitôt dans le salon où un homme aux épaules carrées, aux traits épais, s'avança vers moi, la main tendue.

— Mr. Rogers? Votre femme vous a sans doute parlé de moi. Je suis son cousin Reuben.

— En effet.

— J'ai été bouleversé par la nouvelle...

— Je préfère ne pas aborder ce sujet pénible. Il est encore trop tôt.

— Je vous comprends.

Sous son air distrait, il cachait un regard inquisiteur qui me mettait mal à l'aise, malgré sa bonhomie apparente.

Greta entra et avant que j'eusse pu procéder aux présentations, Pardoe lança :

— Hello, Greta, comment allez-vous?

— Pas mal. Quand êtes-vous arrivé en Angleterre?

— Il y a deux ou trois semaines. Je voyage...

— Je vous ai déjà vu, lui dis-je. Avant-hier!

— Vraiment? Je ne me souviens pas.

— Vous assistiez à une vente aux enchères à Barlington Manor.

— Ah... c'est vrai, j'y pense à présent, vous étiez accompagné d'un homme d'un certain âge, portant une petite moustache.

— Il s'agissait du major Phillpot, un de nos voisins.

— Vous paraissiez tous deux d'excellente humeur.

— Oui... je n'ai jamais été de meilleure humeur que ce matin-là. — Pensivement, je répétai : jamais été de meilleure humeur...

— Naturellement, à ce moment-là, vous ne saviez pas encore... C'était le matin de l'accident, si je me rappelle bien.

— Ellie devait nous rejoindre au « George » à l'heure du déjeuner.

— Tragique... vraiment tragique...

— Nous ignorions que vous vous trouviez depuis tout ce temps en Angleterre. Je le regardai avec insistance, attendant sa réponse.

— Je n'avais pas écrit, car je ne sais pas la durée de mon séjour en Angleterre. Après la vente, j'avais bien l'intention de passer vous voir, mais j'ai dû filer vers Londres.

— Vous êtes venu pour affaires?

— Oui et non. Je me trouvais par ici pour répondre au désir de Cora qui souhaitait mon avis sur une propriété qu'elle a, de toute façon, l'intention d'acheter.

C'est ainsi que j'appris que Cora, elle aussi, avait séjourné dans notre pays quelques semaines, sans que nous en fussions informés.

— En fait — reprit l'Américain — elle se trouvait non loin d'ici le jour de l'accident.

— Où donc? A l'hôtel de Market Chadwell?

— Non, chez une amie.

— J'ignorais qu'elle connaissait quelqu'un dans la région?

— Une femme du nom de Hard... hard...

— Claudia Hardcastle?

— C'est cela! Cora et elle se sont connues aux Etats-Unis.

— Etiez-vous au courant, Greta?

— Je ne pense pas. Voilà donc la raison pour laquelle Claudia n'est pas allée à Londres avec moi, ce jour-là.

— Elle n'y est pas allée?

— Non. Elle a téléphoné après mon départ pour s'excuser, prétextant qu'une amie américaine venait d'arriver à l'improviste.

Notre visiteur se leva pour prendre congé.

— Je ne tiens pas à vous ennuyer plus longtemps, Mr. Rogers. Si vous avez besoin de moi, je suis descendu au Majestic à Market Chadwell pour quelques jours.

Je l'assurai que, pour le moment, personne ne pouvait rien pour moi et il se retira. Après son départ, Greta remarqua pensivement :

— Je me demande ce qu'il est venu chercher ici? Combien je souhaiterais qu'ils retournent tous d'où ils viennent!

CHAPITRE XXII

N'ayant plus rien à faire au « Champ du Gitan », je confiai ma maison aux soins de Greta et m'envolai vers New York, où je devais prendre en main la succession d'Ellie et assister aux obsèques qui, je le craignais, seraient du plus mauvais goût.

Avant mon départ, Greta m'avait averti :

— Vous vous risquez dans la jungle, Mike, prenez bien soin de vous et ne les laissez pas vous écorcher vif.

Elle avait vu juste. Durant tout le temps de mon séjour aux Etats-Unis, je fus mis à rude épreuve. Sorti de mon élément, je devais me tenir constamment sur mes gardes : je me méfiais de tout le monde et mes soupçons se révélèrent parfois justifiés.

Ma première visite fut pour l'homme de loi que m'avait recommandé Lippincott. Il se montra très courtois et me traita comme un médecin en face d'un client délicat. Je lui parlai de certaines propriétés minières dont on m'avait conseillé de me séparer, sous prétexte qu'elles devaient bientôt diminuer de valeur.

— D'où tenez-vous cette information, Mr. Rogers?

— De Stanford Lloyd.

— Nous allons vérifier. Mr. Lloyd est un banquier de qualité, mais il nous faut quand même nous assurer qu'il tient cette nouvelle de bonne source.

Il me fit patienter quelques minutes puis revint m'annoncer :

— Ces titres me paraissent très stables, il n'y a aucune raison que vous vous hâtiez de les liquider.

J'eus à ce moment la preuve qu'on avait essayé de m'abuser et je dois avouer que sans ce conseiller honnête, je me serais laissé rouler. Lloyd savait bien que je ne possédais aucune expérience en matière boursière, et sa tentative me le rendit odieux.

Les obsèques furent grandioses et, exactement comme je le redoutais, d'un mauvais goût incroyable. Une montagne de fleurs recouvrait le cercueil, une foule de monde, de reporters et photographes envahirent le cimetière transformé, à mes yeux, en jardin public. La pierre tombale, tout en marbre, était lourde, massive et se remarquait de loin. Ellie aurait détesté toute cette pompe.

Quatre jours après mon arrivée, je reçus une lettre du major Phillpot m'informant que le corps de Mrs. Lee avait été découvert dans la carrière abandonnée, située sur le versant le plus éloigné de la colline. Des accidents similaires s'étaient produits au même endroit, mais le conseil municipal n'avait pas encore posé de barrière pour délimiter l'excavation dangereuse. Le médecin légiste avait établi que la mort de la victime remontait à plusieurs jours et le conseil municipal fut rendu responsable de l'accident. Dans le cottage de la défunte, on trouva une somme de trois cents livres en billets d'une livre, dissimulée sous une latte du plancher.

Le major terminait sa missive par ces quelques mots :

— Vous serez désolé d'apprendre que Claudia Hardcastle est tombée de cheval hier et s'est tuée sur le coup.

Claudia morte? Ce n'est pas possible, voyons! Je fus pris de vertige. Deux accidents identiques en quinze jours... Fallait-il croire à une coïncidence?

Je ne m'attarderai pas à New York. Je n'en rapporterais aucun souvenir agréable. La petite Ellie que j'avais connue, reprenait à mes yeux sa personnalité de riche Américaine venant rejoindre ses parents dans la tombe des Guteman. Elle avait passé dans ma vie telle une comète et recouvrait à présent sa place dans sa vraie demeure. En y réfléchissant bien, je me sentais soulagé qu'il en fût ainsi. J'aurais sans doute éprouvé quelque malaise à la savoir enterrée dans le cimetière de Market Chadwell, non loin du « Champ du Gitan ».

« Retournez d'où vous venez, petite fille riche »... La chanson qu'elle fredonnait souvent en s'accompagnant sur sa guitare, me revint à l'esprit « Every Morn and every Night, Some are born to Sweet Delight ». Ces paroles désignaient bien Ellie qui, née pour le bonheur, l'avait rencontré au « Champ du Gitan »... mais pas pour longtemps. Aujourd'hui, elle se réinstallait parmi les siens, là où elle n'avait peut-être jamais été heureuse, mais où elle se trouvait dans son élément.

Je me demandai brusquement où l'on m'enterrerait lorsque mon tour viendrait. Au « Champ du Gitan »? Possible... Ma mère serait là pour me voir mettre en terre — si elle n'était pas déjà morte. C'est curieux, il m'est plus aisé de m'imaginer mort que de me faire à l'idée qu'elle pourrait partir avant moi. Elle serait là... et peut-être qu'alors, ses traits perdraient de leur dureté.

Je chassai son image de mon esprit, ne voulant pas penser à elle, ni la revoir... jamais!

Non, ce n'est pas ce que je voulais dire. Je désirais surtout échapper à son regard inquisiteur qui cherchait à lire dans mes pensées les plus secrètes et reflétait l'anxiété qui ne la quittait jamais. Je m'imposai un effort pour ne plus penser à elle.

Je ne me souviens même plus combien de temps je restai aux Etats-Unis. Une suite de jours interminables, durant lesquels je me sentais surveillé par des gens aux sourires faux. Chaque matin, je me disais : « Il faut en passer par là et tenir jusqu'au bout. Après cela... » L'avenir était contenu dans ces deux mots auxquels je me cramponnais.

En apparence, tout le monde se montra charmant envers moi. J'étais riche, vous comprenez. Par suite du testament de ma femme je me trouvais à la tête d'une immense fortune, investie dans des placements auxquels je ne comprenais toujours rien. Ces chiffres colossaux que ma simple signature mettait à ma portée, menaient dans ma tête une ronde affolante.

Je me rappelle le long entretien que j'eus avec Andrew Lippincott, la veille de mon départ.

Je lui annonçais mon intention de retirer la gérance de mes biens à Stanford Lloyd. Il en marqua de l'étonnement.

— J'imagine que vous avez de bonnes raisons pour agir de la sorte?

— J'ai seulement l'idée qu'il est un escroc.

— Dans ce cas...

— Voulez-vous vous charger d'administrer mes biens à sa place?

— Avec plaisir, et je puis vous assurer que vous n'aurez jamais à vous plaindre de ma gestion.

Je signai donc les papiers nécessaires. Au moment de prendre congé, Lippincott me demanda de quelle façon je comptais regagner l'Angleterre.

— En bateau. J'aspire à un peu de solitude pour réfléchir. Un voyage en mer me fera du bien.

— Où comptez-vous vous installer?

— Au « Champ du Gitan ».

— Ah... Je me figurais que vous vous déferiez de cette propriété.

— Non! — Je criai presque, tant j'étais énervé. Comment lui faire comprendre que le « Champ du Gitan » avait longtemps servi de décor à mes rêves d'adolescent et que, désormais, je ne m'en séparerais plus?

— Quelqu'un s'en occupe-t-il durant votre absence?

— Greta Andersen.

— Ah...

J'aurais voulu deviner ce que ce « Ah... » signifiait. Lippincott n'aimait pas Greta et je n'y pouvais rien.

Un lourd silence s'établit entre nous. Il m'était impossible de partir en laissant les choses dans le vague.

— Ecoutez-moi, Lippincott : Greta a été très bonne pour Ellie et a veillé sur elle comme une sœur, après son entorse... Je... je lui en suis extrêmement reconnaissant. Je voudrais que vous compreniez à quel point sa présence m'a réconforté après la mort de ma femme.

— Miss Andersen est une personne très efficace.

Avant de le quitter, je lui exprimai ma gratitude, mais il m'interrompit :

— Vous n'avez aucune raison de me remercier, Michaël. A propos, je vous ai écrit un mot que j'ai adressé au « Champ du Gitan ». Vous le trouverez à votre arrivée. Je vous souhaite une bonne traversée.

Un télégramme m'attendait à mon hôtel m'annonçant qu'un de mes amis, Rudolph Santonix, qui se mourait dans un hôpital de Californie, demandait à me voir. Je changeai la date de mon départ et m'envolai pour San Francisco. Santonix n'était pas encore mort. Toutefois, les médecins m'apprirent qu'il était inconscient et s'affaiblissait d'heure en heure. J'allai m'asseoir à son chevet et contemplai l'ombre de l'homme que j'avais connu. Le temps passa. Je demeurai là à me répéter « Pourvu qu'il reprenne conscience, qu'il me dise quelque chose avant de mourir ». Je me sentais très seul. Je venais d'échapper à des ennemis sournois et retrouvais un ami — mon unique ami — qui allait bientôt m'abandonner lui aussi. Il était le seul à me connaître à fond, à part Mummy. Je préférais ne pas penser à Mummy.

Je me levais parfois pour demander aux infirmières si elles ne pouvaient pas faire quelque chose pour lui, mais elles répondaient toujours :

— Nous ne savons pas s'il reprendra conscience.

Au bout d'une attente interminable, Santonix s'agita et soupira. L'infirmière de garde le souleva doucement. Il ouvrit les yeux et me regarda comme s'il ne me voyait pas. Soudain, une lueur brilla au fond de ses prunelles et il chuchota des bribes de phrases. Je me penchai vers lui pour mieux entendre et, tout à coup, il se renversa en arrière en criant :

— Espèce d'idiot!... Pourquoi n'avez-vous pas suivi l'autre chemin?

Il eut un hoquet et expira.

Je ne sais s'il avait vraiment repris conscience lorsqu'il lança cette question à laquelle je ne comprenais rien, mais qui m'intriguait. J'aurais voulu parler à Santonix, lui exprimer ma gratitude pour la merveilleuse maison qu'il m'avait construite et qui était ce que j'aimais le plus au monde. Curieux qu'une maison puisse prendre une telle importance. J'imagine qu'elle avait toujours été pour moi un symbole. Santonix l'avait compris et il sut concrétiser mon rêve... A présent, je retournais vers mon royaume!

Je ne pensais à rien d'autre en posant le pied sur le navire. Je me sentais extrêmement las. Bientôt, cependant, une vague de bonheur me souleva. Je revenais chez moi!... Je revenais chez moi.

« *Le marin est de retour, il revient de la mer*
« *Et le chasseur revient de la colline...*

CHAPITRE XXIII

Oui, je revenais chez moi, et tout était terminé. Je venais de livrer ma dernière bataille. J'accomplissais l'ultime étape du voyage.

Le temps de ma jeunesse impétueuse paraissait si lointain avec ses « Je veux... » Pourtant, il remontait à moins d'une année.

Etendu sur ma couchette, je revécus le passé. Ma rencontre avec Ellie... nos rendez-vous dans Regent's Park... notre mariage à la mairie de Plymouth... la maison; Santonix occupé à dresser les plans, la maison terminée. Ma maison... seulement à moi! J'avais enfin réalisé mon rêve! Je rentrais prendre possession de mon bien.

Avant mon départ de New York, j'avais écrit à Phillpot. Je voulais qu'il fût le premier à apprendre la nouvelle, car le major comprendrait mieux que les autres qu'Ellie et Greta avaient été de grandes amies et que, comme Ellie, j'en étais venu à dépendre totalement de Greta. Je lui expliquais que seul, je ne me sentais pas le courage de vivre au « Champ du Gitan ».

Je me récitai certains passages de ma lettre.

« J'aimerais que vous fussiez le premier à connaître mon projet. Vous avez été si bon pour nous que je vous dois bien cela. Je ne puis me résoudre à affronter la vie seul, enfermé au « Champ du Gitan ». Au cours de mon séjour aux Etats-Unis, j'ai réfléchi et je viens de décider de demander à Greta de m'épouser, dès mon retour. Elle est la seule personne qui ait vraiment connu Ellie et nous aurons un peu l'impression de vivre encore tous les trois ensemble... »

Phillpot recevra certainement ma lettre avant mon arrivée.

Je montai sur le pont pour voir la côte anglaise se rapprocher de nous. J'aurais aimé que Santonix fût à mes côtés, afin qu'il voie que tout se réalisait comme prévu, comme j'avais décidé, pensé, voulu.

J'en avais fini avec la tribu américaine qui, malgré son amabilité apparente, me considérait comme un voyou. Je revenais vers les sapins, la route en lacets et tout là-haut, ma maison... avec la femme merveilleuse qui m'y attendait. J'avais toujours souhaité rencontrer une fille exceptionnelle. Dès le premier regard, nous étions venus l'un vers l'autre.

Personne ne remarqua mon arrivée à Kingston Bishop. Je descendis du train à la tombée de la nuit et empruntai un chemin détourné pour être bien sûr de ne rencontrer personne. Greta, prévenue de mon arrivée, devait commencer à s'impatienter. Finis les mensonges, ma fausse antipathie pour la belle étrangère. Je fus pris d'un fou rire en me remémorant le rôle que nous avions joué : son indifférence à mon égard, mes scènes auprès d'Ellie et ma jalousie, couronnée par la scène de la terrasse que nous avions si bien préparée. Tout le monde s'était laissé prendre à notre jeu!

Greta et moi ne nous étions jamais illusionnés sur nos caractères respectifs. Dès le premier instant, elle m'avait jugé et je savais que son ambition égalait la mienne. Nous voulions le monde à nos pieds, rien de moins. Dès notre première rencontre à Hambourg, je lui avais ouvert mon cœur car je savais qu'elle me comprendrait. Ayant reçu mes confidences, elle avait remarqué :

— Pour obtenir tout ce que vous attendez de la vie, il vous faut de l'argent.

— Exactement. Seulement, je me demande de quelle façon je pourrais m'en procurer.

— Sûrement pas en travaillant. Ce n'est pas votre genre.

— Travailler! Je devrais attendre des années et je n'ai nullement l'intention de patienter jusqu'à quarante ans. Je veux tout posséder dès maintenant, alors que je suis encore jeune et fort. Il en est de même pour vous, n'est-ce pas?

— Oui. Ecoutez : je connais le moyen de réussir. C'est tellement facile que je suis étonnée que vous n'y ayez pas encore songé. Vous tournez facilement la tête aux filles, il me semble.

— Elles n'ont jamais compté à mes yeux. Vous êtes la seule qui ayez de l'importance pour moi... et vous le savez. Dès que je vous ai vue, j'ai su que je n'appartiendrai qu'à vous seule. Toute ma vie, j'ai désiré vous rencontrer sur mon chemin. Nous nous ressemblons, Greta. Nous exigeons tous deux la même chose de la vie.

— Je vous dis que notre tâche sera facile. Il vous suffit de séduire une fille très riche et de l'épouser. Je puis vous mettre sur la bonne voie pour cela.

— Ne soyez pas ridicule.

— Croyez-moi, ce serait très simple.

— Non, je ne marche pas. Je ne veux pas devenir le mari d'une richarde, elle m'achèterait toutes sortes de choses et me garderait dans une cage dorée. Ce n'est pas ce que j'ambitionne.

— Cela ne durerait pas longtemps... juste le temps nécessaire. Les épouses, même riches, meurent bien un jour...

Je la regardai, ahuri et elle éclata de rire :

— Voilà que je vous scandalise!

— Pas du tout!

— Je m'en doutais. Peut-être que déjà?...

Elle fixa sur moi un regard inquisiteur, mais je me serais bien gardé de satisfaire sa curiosité. Il y a certains secrets qu'on ne confie à personne et les miens se classaient parmi les événements dont je préférais ne pas me souvenir... le premier tout particulièrement — bien qu'il soit assez puéril. Garçonnet, j'avais nourri une passion démesurée pour une très jolie montre que portait un de mes camarades de classe. Le parrain de ce garçon la lui avait offerte pour son anniversaire et l'avait sans doute payée très cher. Je la voulais absolument, mais je n'imaginais pas que je parviendrais un jour à l'obtenir. Un matin d'hiver, nous étions allés tous deux patiner sur un étang et la couche glacée, trop fragile, céda sous le poids de mon compagnon. Je m'approchai aussitôt du trou où il se débattait. La glace coupait ses doigts qui s'accrochaient au bord de l'ouverture. Je me penchai pour l'aider à se redresser et je vis la montre. Alors, une pensée me traversa aussitôt l'esprit « Et s'il disparaissait sous la glace et se noyait... » Ce fut tellement facile... Machinalement, je libérai le bracelet de son poignet, serrai la montre dans ma main et le poussai sous l'eau où je le maintins un moment. Quelques personnes qui me virent de loin, accoururent, pensant que je n'avais pas la force de tirer le malheureux. Elles réussirent à le sortir, entreprirent la respiration artificielle — trop tard — l'enfant était mort. La montre alla rejoindre quelques larçins que je gardais dans un coin secret. Un jour, ma mère la découvrit et me demanda si cette montre n'était pas celle que Pete portait. Naturellement, je niai, prétendant qu'elle avait appartenu à un camarade avec lequel j'avais fait un échange. Depuis ce jour, Mummy ne cessa de m'épier. Elle soupçonnait la vérité, bien qu'elle ne possédât aucune preuve. Pendant quelque temps, j'éprouvai un sentiment de culpabilité qui s'estompa peu à peu.

Plus tard, pendant mon service militaire, je me rendis dans une maison de jeu avec un copain, Ed. Toute la soirée, je perdis alors qu'il gagnait. Lorsque nous regagnâmes la caserne, lui, les poches bourrées de billets et moi complètement démuni. Deux truands, armés de couteaux, nous tombèrent dessus. Je reçus une éraflure au bras et Ed un coup au côté. Un bruit de pas effraya nos assaillants qui disparurent comme ils étaient venus. C'est à ce moment que je décidai de tenter ma chance. Je m'agenouillai près de mon camarade évanoui, serrai un mouchoir autour d'un couteau abandonné et plongeai l'arme deux ou trois fois dans le corps du blessé qui eut un râle avant de partir dans l'autre monde. La peur me tenaillait un peu mais je savais que je m'en tirerais si j'agissais rapidement. Croyez-moi, je me dépêchai, et l'argent passa de ses poches dans les miennes, avant que les passants accourus aient pu comprendre. « Pauvre Ed, me dis-je, il a toujours été un imbécile ». Evidemment une telle occasion ne se présente pas souvent, mais il faut savoir la saisir au vol. Ma conscience ne me reprocha rien, pas cette fois, en tout cas.

Je ne sais comment Greta pût deviner. Elle ne savait pourtant pas que j'avais deux crimes à mon actif, mais son instinct l'avertissait que l'idée de me transformer en criminel ne m'indignerait pas.

Je finis par lui demander :

— Parlez-moi de cette idée fantasque qui vous paraît si facilement réalisable.

— Je puis vous mettre en rapport avec une des plus riches héritières américaines. Je suis chargée de veiller sur elle et je jouis d'une grande influence sur son caractère.

— Vous croyez qu'elle s'abaisserait à me regarder? Pourquoi une fille, certainement entourée d'une foule de bons partis, irait-elle leur préférer un type tout à fait ordinaire?

— Vous avez beaucoup de charme et les femmes ont facilement le béguin pour vous.

— C'est vrai, mais hélas! pas celles qui appartiennent à la catégorie à laquelle vous pensez en ce moment.

— Celle à qui je pense n'a jamais rencontré

de garçon comme vous. Sa famille choisit ses relations parmi les fils de banquiers et d'hommes d'affaires. On voudrait qu'elle épouse un garçon de son milieu. Ils redoutent tous qu'elle ne s'éprenne d'un étranger qui en voudrait à son argent. Naturellement, elle rêve de rencontrer un homme qui n'appartiendrait pas à son milieu. Pour l'intéresser, il vous suffirait de jouer le pauvre type qui n'a jamais réussi dans la vie et qui est tombé éperdument amoureux d'elle dès le premier regard. Personne, jusqu'ici, n'a osé l'aborder de manière aussi cavalière. La route est libre.

— Je pourrais toujours essayer. Qu'est-ce que je risque? Vous oubliez cependant un détail : la famille de cette fille trouvera vite un moyen pour se débarrasser de moi.

— Personne ne sera au courant... pas avant qu'il ne soit trop tard, c'est-à-dire que vous ne vous soyez mariés secrètement.

J'acceptai et nous échafaudâmes des plans. Greta, qui devait regagner l'Amérique, promit de me tenir au courant.

De retour en Angleterre, je repris mes occupations variées, puis j'informai Greta de ma visite au « Champ du Gitan » et de mon désir de posséder la propriété. Elle me répondit que l'endroit serait parfait pour arranger une rencontre romanesque. Elle allait suggérer à sa maîtresse, Ellie, de se rendre en Angleterre pour y acheter une propriété où, le jour de sa majorité, elle pourrait se réfugier afin d'échapper à la domination de sa famille. Un jour, je reçus confirmation de l'arrivée de l'Américaine et de la date à laquelle elle comptait visiter le « Champ du Gitan ». Je n'avais plus qu'à m'arranger pour la rencontrer sur place. Notre plan se déroula comme prévu. Greta n'avait pas son égale pour former des projets et les mettre à exécution. Cependant je pouvais me féliciter de la manière dont j'avais joué mon rôle.

Tout marcha très bien. Le moment le plus difficile fut l'arrivée de ma complice après mon mariage. Je devais sans cesse surveiller mes gestes, pour ne pas trahir mes sentiments. C'est pour cela que j'avais choisi de ne pas regarder Greta en face et de la prendre apparemment en grippe. Parfois, j'ai craint qu'Ellie ne m'eût démasqué, mais elle ne s'est doutée de rien. Du moins, je le pense sans pouvoir l'affirmer, car je n'ai jamais bien compris Ellie.

Jouer la comédie du soupirant auprès de ma femme ne me fut pas difficile, tant elle s'était montrée affectueuse et confiante. Pourtant, elle me causa bien des soucis avec ses initiatives prises sans me consulter et tous les petits détails découverts sur mon compte. Toutefois, elle m'a aimé et moi-même... je crois bien que je l'ai aimée aussi, quoique mon sentiment pour elle ne ressemblât en rien à celui que je nourrissais pour Greta. Greta possède un sexe-appeal qui m'affole. Ellie, ce fut différent. Je comprends seulement aujourd'hui que sa compagnie me rendait cependant très heureux.

Telles étaient les pensées qui m'habitaient alors que je m'acheminais dans l'obscurité vers ce qui me semblait le sommet du monde, ce monde qui me revenait après tous les risques courus et le meurtre que nous avions admirablement perpétré, un meurtre que personne n'aurait pu soupçonner, tant notre méthode avait été bien mise au point.

Je gravissais la route escarpée que j'avais empruntée un jour, après avoir assisté à la vente manquée du « Champ du Gitan » et tout là-haut, passé le dernier tournant...

C'est alors que je la vis... Elle se tenait à la même place, debout contre le même sapin. Je fermai un moment les yeux, espérant que la vision disparaîtrait, mais en les rouvrant je constatai qu'elle n'avait pas bougé. Elle me regardait comme si elle ne me voyait pas, et cela me glaça de terreur. Pourtant, Ellie était morte, son corps reposait dans un cimetière américain... N'empêche qu'elle se trouvait là, à me fixer comme si c'était moi qui n'existait pas. Son visage reflétait une grande douceur : la même expression qu'elle eut un soir, alors qu'elle grattait les cordes de sa guitare en fredonnant une vieille ballade. Je me souvins qu'elle m'avait dit : « Pourquoi me regardez-vous ainsi, Mike? A quoi pensez-vous? » et que je répondis : « Pourquoi cette question? ». « Vous me regardez comme si vous m'aimiez! » et je dis bêtement : « Bien sûr que je vous aime ».

Je restai paralysé au milieu de la route plongée dans l'obscurité et le silence. Finalement, je me hasardai à l'appeler mais elle ne bougea pas. Elle restait là, à regarder... Ses yeux me fixaient sans me voir et c'est ce qui m'effrayait le plus, car je savais que si je réfléchissais, je comprendrais tout de suite pourquoi Ellie ne pouvait pas me voir. Alors, je me suis mis à courir tel un lâche, et ne m'arrêtai pour reprendre haleine qu'en apercevant les lumières de ma maison scintiller à travers les arbres. Je touchais au but... J'étais le chasseur qui, revenant de la colline, rentrait chez lui où l'attendait la femme merveilleuse qu'il allait enfin pouvoir aimer au grand jour.

La porte s'ouvrit sous ma poussée, j'essuyai mes pieds sur le paillasson et me dirigeai vers la bibliothèque. Greta se tenait près de la fenêtre, souriante. La plus belle fille que j'aie jamais vue! Je me jetai dans ses bras et goûtai l'un des moments les plus merveilleux de ma vie.

Nous redescendîmes bientôt sur terre. Je m'assis et Greta poussa vers moi une pile de lettres. Je choisis automatiquement celle qui portait un timbre américain, me demandant ce que Lippincott pouvait bien me vouloir et pourquoi il avait préféré m'écrire pour me confier sa pensée alors que nous avions été ensemble de longues heures?

— Enfin — soupira Greta — nous avons réussi.

— La victoire est à nous!

Nous fûmes pris d'un fou-rire. J'ouvris la bouteille de champagne qui se trouvait sur la table et nous bûmes à notre amour.

— Cet endroit est merveilleux — fis-je — encore plus merveilleux que je ne me le rappelais. Santonix... Mais vous ne savez pas : Santonix est mort.

— Quel dommage! Il était donc vraiment malade?

— Naturellement. Je me suis simplement toujours refusé à l'admettre. Je suis allé le voir alors qu'il se mourait.

Elle frissonna.

— Quelle horrible épreuve! A-t-il dit quelque chose?

— Seulement que j'étais un idiot et que j'aurais dû choisir l'autre chemin.

— Quel autre chemin?

— Je n'ai pas compris. Il devait délirer.

— Ma foi, cette maison est un beau monument à sa mémoire. Je crois que nous la garderons, n'est-ce pas?

Je la contemplai, ahuri.

— Mais... naturellement! Croyez-vous que je désire habiter ailleurs?

— Nous ne pourrons rester ici toute l'année, dans ce trou perdu!

— C'est là que je veux me fixer... là, que j'ai toujours désiré vivre.

— Bien sûr, cependant n'oubliez pas, Mike, que nous possédons assez d'argent pour satisfaire tous nos caprices. Nous pouvons nous rendre en Europe, participer à des chasses en Afrique, vivre une vie aventureuse, enfin! Cela ne vous plairait-il pas, dites?

— Oui, oui, bien sûr, mais nous reviendrons toujours ici, n'est-ce pas?

J'eus brusquement le sentiment que quelque chose craquait. Je n'avais jamais eu que deux désirs : la maison et Greta, mais Greta commençait seulement à prendre conscience de tout ce qui était désormais à sa portée. Je fus troublé par un mauvais pressentiment.

— Mike, que vous arrive-t-il? Auriez-vous froid, vous tremblez?

— Non... j'ai vu Ellie.

— Que racontez-vous là?

— Comme je débouchais du dernier tournant, avant d'atteindre la maison, je l'ai vue, debout près d'un sapin. Elle me... elle regardait de mon côté.

— Ne soyez pas stupide! Qu'allez-vous imaginer?

– Ellie m'a paru heureuse, exactement

comme si elle s'était toujours tenue à cet endroit et devait y rester éternellement.

— Mike! — Greta me saisit aux épaules et me secoua. — Mike, ne parlez pas ainsi! Avez-vous bu dans le train?

— Non, j'attendais de me trouver avec vous. Je savais que vous auriez sorti une bouteille de champagne.

— Oublions donc Ellie et buvons à notre avenir.

— Je vous jure que c'était Ellie.

— Bien sûr que non! Les ombres des arbres ont dû vous jouer un mauvais tour.

— C'était Ellie et elle me regardait. Seulement, elle ne pouvait pas me voir, Greta, elle ne pouvait pas me voir! Et je sais pourquoi!

— Que voulez-vous dire?

C'est alors que je chuchotai pour la première fois :

— Parce que ce n'était pas moi! Je n'étais pas là. Elle ne pouvait rien voir que la nuit. — Je me mis à crier. — Certains sont nés pour le Bonheur et d'autres pour la Nuit qui ne finit pas. Greta, moi je suis de ceux-là. Vous souvenez-vous de cette habitude qu'elle avait de s'asseoir sur ce sofa et de chanter cette vieille ballade écossaise? : « Chaque matin, chaque nuit, il en est qui naissent pour être heureux ». Ça, c'est Ellie, Greta. Elle était née pour le bonheur. « Il en est qui naissent pour être heureux tandis que d'autres sont promis à une nuit sans fin ». Mummy savait que j'étais voué à la nuit. Santonix, aussi. Il se doutait que j'allais m'embourber dans le mauvais chemin, alors que j'aurais pu rester avec Ellie et être heureux moi aussi.

— Non, vous savez bien que c'était impossible. Je ne soupçonnais pas que vous pussiez perdre votre sang-froid, Mike! — Elle me secoua encore. — Réveillez-vous!

Je la regardai, ébahi.

— Pardonnez-moi, Greta. Qu'ai-je dit?

— Vos nerfs ont dû être mis à dure épreuve aux Etats-Unis. Vous vous êtes néanmoins assuré que tout était en ordre?

— Tout. Un avenir splendide nous attend.

— Vous vous exprimez d'étrange manière. Je me demande ce que Lippincott raconte dans sa lettre.

Je décachetai l'enveloppe qui ne contenait qu'une coupure de journal, jaunie. Je la regardai, ahuri. Elle représentait une rue de Hambourg que je connaissais bien, avec en arrière plan un grand bâtiment. Quelques passants sur les trottoirs, et au premier plan, un couple bras dessus bras dessous... Greta et moi. Ainsi, Lippincott savait! Quelqu'un avait dû lui envoyer cette coupure, peut-être parce qu'il avait trouvé amusant de voir Miss Andersen photographiée par surprise dans une rue de Hambourg. Je me rappelai à présent l'insistance avec laquelle Lippincott m'avait demandé lors de son séjour à Londres si je ne connaissais pas déjà Greta. J'avais nié, bien entendu, mais il savait que je mentais! C'est à ce moment qu'il dut commencer à se méfier de moi.

J'eus peur, soudain. Sans doute, il ne pouvait soupçonner que j'avais tué Ellie, mais il flairait sûrement quelque chose.

— Greta, Lippincott a toujours su que nous nous connaissions. J'ai détesté ce vieux renard du premier moment où je l'ai vu et il vous hait. Lorsqu'il apprendra que nous nous marions, il comprendra la vérité.

— Connaissant cette photo, il devait bien se douter, Mike que nous étions déjà amants, et qu'à présent nous nous marierions. Cessez de réagir comme un lâche. Jusqu'ici, j'ai eu de l'admiration pour vous, mais à présent, vous perdez votre sang-froid. Vous avez peur de tout le monde.

— Ne me parlez pas ainsi!

— C'est la vérité!

— Une nuit qui ne finit pas...

Je ne pensais à rien d'autre. L'obscurité complète, totale, toujours. Je n'étais pas visible, j'avais la faculté de voir les morts mais eux ne pouvaient me voir. L'homme qui avait aimé Ellie n'existait pas vraiment. Il s'était enfoncé volontairement dans la nuit. Je baissais la tête vers le sol.

— Une nuit qui ne finit pas... redis-je encore.

— Cessez de répéter ça! cria Greta. Redressez-vous! Soyez un homme et ne vous laissez pas impressionner par ces superstitions ridicules.

— Comment l'éviter? J'ai vendu mon âme au « Champ du Gitan ». Le « Champ du Gitan » n'est pas un lieu où l'on puisse se sentir en sécurité. Il ne l'était pas pour Ellie, il ne l'est pas davantage pour moi. Peut-être qu'il en va de même pour vous?

— Qu'entendez-vous par là?

Je me levai lentement et m'avançai vers elle. Je l'aimais. Je l'aimais encore et j'éprouvais le désir de la prendre dans mes bras. Mais l'amour, la haine, le désir... n'est-ce pas la même chose? Je n'aurais jamais pu haïr Ellie, alors que j'éprouvais une haine farouche pour Greta, et cette haine me procurait une volupté profonde. Je ne pouvais attendre...

— Belle garce! Haïssable beauté blonde! Vous n'êtes pas en sécurité, Greta! Pas avec moi! Comprenez-vous? J'ai appris à savourer le plaisir... le plaisir de tuer. J'ai éprouvé une joie indicible, le jour où Ellie chevauchait vers la mort sur son cheval. J'ai été heureux toute la matinée parce que je savais qu'elle allait mourir. Aujourd'hui, je veux plus, que la certitude que quelqu'un va mourir d'avoir avalé une petite pilule avant le déjeuner. Je veux plus, que de pousser une vieille femme dans une carrière. Je veux me servir de mes mains.

La peur s'empara d'elle, elle que j'avais aimée dès notre première rencontre à Hambourg, pour laquelle j'avais laissé tomber mon travail du moment, en prétextant une maladie. Oui, je lui fus dévoué corps et âme. Maintenant, c'était fini, je redevenais moi-même. Je pénétrais dans un royaume différent de celui auquel j'avais toujours aspiré.

Son visage contracté par la peur m'excitait. Je serrai doucement mes mains autour de son joli cou. J'étais merveilleusement heureux tandis que j'étranglais Greta...

CHAPITRE XXIV

Il ne me reste plus grand-chose à ajouter après cela. J'avais atteint mon point culminant. On oublie toujours que ce qui vient après, ne peut être meilleur... que l'on a tout eu. Je restai assis dans la bibliothèque sans bouger, très longtemps. Je ne sais quand ils arrivèrent. Ils se présentèrent tous en même temps. Ils n'avaient pu se trouver là dès le début, sinon ils m'auraient empêché de tuer Greta. Je remarquai la présence de Dieu — non, pas Dieu, mes idées s'embrouillaient — je voulais dire le major Phillpot. J'avais toujours éprouvé de l'admiration pour lui et il s'était toujours montré gentil envers moi. Dans un sens, il est un peu comme Dieu qui, s'Il devait prendre forme humaine, ressemblerait assez à Phillpot. Un homme juste et bon...

Je ne sais ce que Phillpot avait découvert sur mon compte. Je me rappelle le curieux regard dont il m'enveloppa le matin où nous revenions de la vente aux enchères, en me disant que ma gaieté n'augurait rien de bon. Qu'est-ce qui lui avait donné cette impression?

Après la mort de Greta, je restai assis sur ma chaise, fixant mon verre de champagne vide. Tout était vide, d'ailleurs, en moi, autour de moi. Une seule lumière éclairait la pièce, une petite lampe que Greta et moi avions allumée. Elle donnait une lumière nettement insuffisante. Je restai immobile, me demandant ce qui allait arriver ensuite.

J'imagine que les gens commencèrent alors à envahir la bibliothèque. Peut-être survenaient-ils en groupe. Ils étaient silencieux, ou alors, je ne les entendais pas.

Si Santonix s'était trouvé là, peut-être m'aurait-il indiqué une ligne de conduite à suivre. Mais Santonix était mort. Il ne pouvait m'être d'aucune utilité, personne ne pouvait plus m'être d'aucune utilité.

Au bout d'un moment, je remarquai la présence du docteur Shaw. Il était assis non loin de moi et semblait attendre quelque chose. Je pensais qu'il désirait peut-être que je parle et je dis très haut :

— Je suis revenu chez moi.

Une ou deux silhouettes s'agitèrent dans son dos. Elles semblaient guetter un geste de sa part.

Je repris :

— Greta est morte. Je l'ai tuée. Vous feriez peut-être mieux d'enlever le corps.

Un éclair brutal me fit baisser les paupières. Quelqu'un devait photographier le corps. Le médecin tourna vivement la tête et me lança sèchement :

— Pas encore.

Puis il reporta son attention sur moi. Je me penchai vers lui pour annoncer :

— J'ai vu Ellie, ce soir.

— Vraiment? Où?

— Dehors, sous un sapin. C'est là que je l'ai rencontrée pour la première fois, vous savez?

Je me tus un moment avant de poursuivre.

— Elle ne m'a pas vu... Elle ne le pouvait pas. Je n'étais pas présent. Cela m'a inquiété.

Il me pressa :

— Vous aviez mis du cyanure dans la pilule qu'Ellie a absorbée avant de monter à cheval, n'est-ce pas?

— Nous avons trouvé du poison dans la cabane du jardinier et Greta m'a aidé à l'introduire dans le médicament. Nous avons fait ce petit travail dans le pavillon abandonné. — Je fus pris de fou-rire. — Le jour où je vous ai demandé d'examiner Ellie, vous avez inspecté tous ses médicaments et les avez jugés inoffensifs. C'est bien cela, inoffensifs!

— En effet.

— J'ai été malin, hein?

— Oui, mais pas suffisamment.

— Je ne vois pas comment vous avez pu découvrir le pot aux roses?

— Nous avons compris, le jour où un second accident identique a eu lieu. L'accident que vous n'aviez pas prévu.

— Claudia Hardcastle?

— Oui. Elle est morte comme Ellie, en tombant de cheval. Mais, cette fois, plusieurs personnes se trouvaient non loin d'elle, et l'odeur de cyanure flottait encore dans l'air. Si elle était restée seule une ou deux heures avant qu'on ne la découvre, je n'aurais rien suspecté. Je ne m'explique cependant pas comment elle a pu se procurer des pilules appartenant à Ellie... à moins que vous n'en ayez égaré une dans la « Folie »? Claudia s'y rendait parfois. Nous y avons découvert ses empreintes et un petit briquet qu'elle avait égaré.

— Nous n'avons pas pris assez de précautions. L'opération exigeait beaucoup de minutie. Vous sentiez que j'avais quelque chose à voir dans la mort d'Ellie, hein? Vous, tous? — Je promenai mon regard sur les silhouettes alentour. — Vous vous en doutiez tous!

— Vaguement. Cependant, je n'étais pas certain que nous réussirions à vous démasquer.

— Vous allez m'arrêter?

— Je ne suis pas policier.

— Qu'êtes-vous donc?

— Je suis médecin.

— Je n'ai pas besoin de vous.

— C'est encore à prouver.

Je levai les yeux sur Phillpot.

— Que faites-vous ici? Vous êtes venu me juger? présider à mon arrestation?

— Je ne suis qu'un juge de paix. Ma présence est celle d'un ami.

— Mon ami?

— Un ami d'Ellie.

Je ne comprenais pas. Rien de ce qui se passait autour de moi n'avait la moindre signification à mes yeux, et pourtant je me sentais gonflé d'importance. Cette foule qui m'entourait! La police, Shaw, Phillpot, tous des hommes d'ordinaire très occupés.

Je perdis la notion du temps. Je me sentais très fatigué et il m'arrivait, par moments, de m'endormir. A mon réveil, je me trouvai au centre d'un cercle d'hommes de loi et de médecins. Les médecins me harcelaient de questions auxquelles je ne voulais pas répondre. L'un d'entre eux me demanda plusieurs fois si je désirais quelque chose. Je le priai de me fournir un stylo et du papier. Je voulais mettre par écrit tous les événements de ma vie, mes impressions, mes projets. J'étais convaincu que le monde aimerait à connaître mon histoire parce que j'étais une personne étonnante, avec mon passé jalonné d'exploits surprenants. Un médecin trouva l'idée bonne et je lui dis :

— Vous permettez aux criminels de faire

une déposition, pourquoi n'agirais-je pas de même? Qui sait, peut-être qu'un jour, tout le monde me lira?

Je n'écrivais pas vite, car je me fatiguais rapidement. Quelqu'un fit devant moi allusion à une expression bizarre « responsabilité amoindrie ». Un autre, qui n'était pas d'accord, protesta. Ils ne se gênaient pas pour exprimer leur opinion en ma présence, s'imaginant sans doute que je n'écoutais pas. Puis, je dus passer devant un tribunal et j'insistai pour qu'on m'apportât mon meilleur costume : je voulais impressionner mon public. Au cours du procès, j'appris qu'on me faisait surveiller depuis longtemps par des détectives. Ellie ne s'était pas trompée : nos domestiques avaient bien été placés chez nous par Lippincott et ils avaient découvert des tas de choses sur Greta et moi, par exemple que nous nous donnions des rendez-vous secrets dans le pavillon isolé. Curieux... depuis qu'elle est morte, Greta ne m'intéresse plus du tout. Après l'avoir étranglée, je l'ai complètement oubliée. J'ai plusieurs fois cherché à revivre la sensation merveilleuse que j'avais ressenti en serrant son cou entre mes doigts, mais même cela s'est effacé de ma mémoire...

Ils m'amenèrent ma mère, un jour, par surprise. Elle resta près de la porte et l'anxiété que je lui connaissais avait disparu de son visage, remplacée par une grande tristesse. Ni l'un ni l'autre nous n'avions grand-chose à nous dire :

Elle prononça simplement :

— J'ai essayé, Mike... j'ai essayé du mieux que je pouvais de vous garder en sécurité. J'ai échoué. J'ai toujours craint que cela n'arrive.

— Ce n'est pas votre faute, Mummy. J'ai pris le chemin qui m'attirait.

Santonix m'avait dit quelque chose de semblable. Lui aussi, avait eu peur. Et pas plus lui que ma mère ils n'avaient rien pu pour moi. Personne n'aurait rien pu... à part moi, peut-être? Je ne sais pas. Je n'en suis pas sûr. De temps à autre, je me rappelle le soir où Ellie m'a demandé : « A quoi pensez-vous en me regardant ainsi?... Comme si vous m'aimiez ». Dans un sens, je l'avais aimée. Elle était si douce, Ellie. Née pour le Bonheur...

L'ennui est que j'ai toujours voulu trop de choses, et je les voulais sans avoir à fournir d'effort.

Le jour où j'avais rencontré Ellie, nous avions redescendu la route du « Champ du Gitan » ensemble, et rencontré Esther. L'avertissement de la bohémienne m'avait donné l'idée de payer la vieille femme — je savais qu'elle ferait n'importe quoi pour de l'argent — afin qu'elle effraye Ellie, lui donner l'impression qu'elle courait un grand danger. J'avais pensé que, de cette manière, la mort de ma femme passerait pour consécutive à un choc cardiaque. Je sais à présent qu'Esther avait eu peur, peur pour Ellie. Elle l'avait prévenue contre le « Champ du Gitan » mais en fait, elle cherchait à la prévenir contre moi. Je n'avais pas compris, Ellie non plus.

Etait-ce de moi qu'Ellie avait peur? Probablement, bien qu'elle ne le réalisât pas. Elle sentait que quelque chose la menaçait, qu'un danger la guettait. Santonix avait deviné le mal qui me possédait, exactement comme ma mère, et peut-être Ellie aussi? Mais elle s'en moquait, Ellie s'en était toujours moqué. C'est étrange. A présent, je sais que nous étions heureux ensemble, très heureux. Si seulement, je l'avais admis plus tôt. J'ai eu ma chance — tout le monde a une chance — et... je lui ai tourné le dos.

Cela paraît bizarre, n'est-ce pas, que Greta ne compte plus du tout pour moi?

Et même ma belle maison ne compte plus.

Seulement Ellie... Et Ellie ne me trouvera jamais... et personne ne me trouvera jamais dans la nuit sans fin où je me suis perdu.

Les Reines du Crime

Nouvelles venues ou spécialistes incontestées, les grandes dames du roman policier dans leurs meilleures œuvres.

ARMSTRONG Charlotte
2074 Et merci pour le chocolat

BACHELLERIE
1791 L'île aux muettes
(Prix du Roman d'Aventures 1985)
1795 Pas de quoi noyer un chat
(Prix du Festival de Cognac 1981)
1796 Il court, il court, le cadavre

BLACKMON Anita
1912 On assassine au Richelieu
1956 On assassine au Mont-Lebeau

BRAND Christianna
1877 Narcose
1920 Vous perdez la tête

CANNAN Joanna
1820 Elle nous empoisonne

CHRISTIE Agatha
(86 titres parus, voir catalogue général)

CURTISS Ursula
1974 La guêpe

DISNEY Dorothy C.
1937 Carnaval

DISNEY D.C. & PERRY G.
1961 Des orchidées pour Jenny

GOSLING Paula
1971 Trois petits singes et puis s'en vont
1999 L'arnaque n'est plus ce qu'elle était
2088 Pour quelques flics de trop

HOWE Melodie Johnson
2095 La monnaie de sa pièce
(juin 92)

HUGHES Dorothy B.
2043 Voyage sans fin
2070 La boule bleue

JAPP Andréa H.
2044 La Bostonienne
(Prix du Festival de Cognac 1991)

JONES Cleo
1879 Les saints ne sont pas des anges

KALLEN Lucille
1816 Greenfield connaît la musique
1836 Quand la souris n'est pas là...

LANGTON Jane
2037 Le poète meurt toujours deux fois

LEE Gypsy Rose
1893 Mort aux femmes nues
1918 Madame mère et le macchabée

LONG Manning
1831 On a tué mon amant
1844 L'ai-je bien descendue ?
1988 Aucun délai

McCLOY Helen
1841 En scène pour la mort
1855 La vérité qui tue
2067 La vierge au sac d'or
2079 Celui qui s'échappa

McGERR Pat
1903 Ta tante a tué

MILLAR Margaret
1896 Un air qui tue
1928 Le Territoire des monstres
1982 Les murs écoutent
1994 Rendons le mal pour le mal
1996 Des yeux plein la tête
2010 Un doigt de folie

MOYES Patricia
1865 La mort en six lettres

NATSUKI Shizuko
1959 La promesse de l'ombre
(Prix du Roman d'Aventures 1989)
2039 Hara-Kiri, mon amour

NIELSEN Helen
1873 Pas de fleurs d'oranger

PARETSKY Sara
2050 Au point mort

RADLEY Sheila
1977 Trois témoins qui lui voulaient du bien
2058 A tous les coups l'on perd

RENDELL Ruth
1451 Qui a tué Charlie Hatton?
1501 Fantasmes
1521 Le pasteur détective
1532 L'Analphabète
1563 L'enveloppe mauve
1582 Ces choses-là ne se font pas
1616 Reviens-moi
1629 La banque ferme à midi
1640 Un amour importun
1649 Le lac des ténèbres
1688 Le maître de la lande
1718 La fille qui venait de loin
1747 La fièvre dans le sang
1773 Qui ne tuerait le mandarin?
1815 Morts croisées
1951 Une amie qui vous veut du bien
1965 La danse de Salomé
1978 La police conduit le deuil
1989 La maison de la mort
2000 Le jeune homme et la mort
2015 Meurtre indexé
2036 Les désarrois du Professeur Sanders

RICE Craig
1862 Justus, Malone & Co
1870 Malone et le cadavre en fuite
1899 Malone cherche le 114
1924 Malone quitte Chicago
1962 Malone met le nain au violon

RUTLEDGE Nancy
1830 La femme de César

SEELEY Mabel
1871 D'autres chats à fouetter
1885 Il siffle dans l'ombre

SIMPSON Dorothy
1852 Feu le mari de madame

TEY Josephine
2094 Jeune et innocent *(juin 92)*

THOMSON June
1857 Finch se jette à l'eau
1886 Plus rude sera la chute
1948 Dans la plus stricte intimité
1995 Bouillon de minuit

UHNAK Dorothy
2093 Le Registre *(juin 92)*

ULLMAN A. & FLETCHER L.
2075 Raccrochez, c'est une erreur

VARGAS Fred
1827 Les jeux de l'amour et de la mort
(Prix du Festival de Cognac 1986)

YORKE Margaret
1958 Morte et pas fâchée de l'être

IMPRIMÉ EN FRANCE PAR BRODARD ET TAUPIN
Usine de La Flèche (Sarthe).
ISBN : 2 - 7024 - 1884 - 8
ISSN : 0768 - 1070

H 52/0087/8